名家笔下的中国老城市丛书

名家笔下的老杭州

总主编 张祖庆
主　编 张祖庆　陆麒娟　陈林玉
朗　诵 柏玉萍

济南出版社

图书在版编目（CIP）数据

名家笔下的老杭州 / 张祖庆，陆麒娟，陈林玉主编. —— 济南：济南出版社，2024.7. ——（名家笔下的中国老城市丛书 / 张祖庆总主编）. —— ISBN 978-7-5488-6582-7

Ⅰ. I267

中国国家版本馆 CIP 数据核字第 2024QJ5953 号

本书部分文字作品稿酬已向中国文字著作权协会提存，敬请相关著作权人联系领取。电话：010-65978917，传真：010-65978926，E-mail：wenzhuxie@126.com。

名家笔下的老杭州
MINGJIA BIXIA DE LAOHANGZHOU
张祖庆　陆麒娟　陈林玉　主编

出 版 人　谢金岭
图书策划　赵志坚　刘春艳
责任编辑　赵志坚　李文文　孙亚男　刘春艳
特约编辑　刘雅琪　谷诗静
封面设计　谭　正
版式设计　刘欢欢
封面绘图　王桃花

出版发行　济南出版社
地　　址　济南市市中区二环南路 1 号（250002）
总 编 室　0531-86131715
印　　刷　济南新先锋彩印有限公司
版　　次　2024 年 7 月第 1 版
印　　次　2024 年 7 月第 1 次印刷
开　　本　170 mm×240 mm　16 开
印　　张　8
字　　数　100 千字
印　　数　1—5000 册
书　　号　ISBN 978-7-5488-6582-7
定　　价　45.00 元

如有印装质量问题　请与出版社出版部联系调换
电话：0531-86131736

版权所有　盗版必究

序

每座城都是一本书，每本"城书"都有其独特的精神气质。

生于此城，长于此城，你便与城融在一起，成为城的细胞。城的性格脾气就是人的性格脾气。城与人，相依共存。

一座有生命的城，少不了市，故曰"城市"。

城市于人的成长是烙印式的。无论你身在何处，永远不能忘记的是家的味道、城的气息、城的日常。我们怀想它，念叨它，也常会在某个时间点，因见到所居城市的一处景、一个人，甚至一株菜而深情满怀、热泪盈眶。作家池莉在回忆家乡武汉的菜薹时写道："我对菜薹是情有独钟不离不弃到即便它们老了也要养着，花瓶伺候，权当插花……看花时，总不免心生感慨：菜薹噢菜薹，你是我对武汉最深的眷恋。"

每一座历经千百年的城市，都是一条生命涌动的长河，于风云变幻间，留下吉光片羽。

一座古老的城市，值得我们细细品读。从显处读，可以是让游人赏心悦目的湖光山色，也可以是令吃客垂涎欲滴的特色美食。但是，仅读这些还不够，我们还要走进城市深处。风采卓绝的人物要读，深厚的文化底蕴要读，明亮的人文精神要读，这样才能走进一座城市的灵魂。

可是，谁敢说，我们真正读懂了我们所生活的城市？谁又敢说，我们真正触摸到了城市的灵魂？可能，在喧嚣的城市里，孩子还没有静静凝视过家门前那条不知源头的河流，没有留心觉察过城市中不断冒出的楼宇，没有仔细聆听过城市发展的滚滚车轮声。甚至，有这样一种情形——生活在南京的孩子不知道石头城的历史，生活在苏州的孩子没听过评弹，生活在西安的孩子没了解过秦岭的前世今生……

不得不说,这是生命成长中的小缺憾。

中国有个性、有魅力、有文化的城市何其多也!若是有一套中国城市的读本,以名家的文字为城市代言,纵览历史发展脉络,横看现代文明景观,让青少年读者从书中读城市的古今面貌,用脚步触摸城市的现实温度,那该多好啊!我的倡议得到各地名师的积极响应,大家一拍即合,快速行动。我们希望,经由这套书,每位大小读者从自己所居之城开启城市阅读之旅,了解城的古今,梳理城的脉络,以城为荣,以城为傲。

人是城市的核心因子。人和城市的相处方式有很多种,阅读城市理应成为重要的一种。以中小学生喜闻乐见的方式打开城市阅读之门是我们的编写初心。通过阅读名家优秀的文学作品,让孩子建立对城市的文化印象,让城市发展脉络及精神气质化入孩子的生命成长中。

经多次讨论,我们最终把这套书命名为《名家笔下的中国老城市丛书》,初定二十个老城市,分别为北京、上海、杭州、南京、武汉、西安、济南、青岛、成都、重庆、绍兴、厦门、苏州、福州、徐州、广州、洛阳、开封、镇江、淮安。"老城市"就是有悠久历史、灿烂文明、独特意蕴的城市,老城市都是有故事的城市,读者能从书中感受到厚重的城市文化与个性迥异的时代特质。城市不分大小,大城有大城的宏伟,小城有小城的韵味。

为城市编书代言,我们深知其中的艰辛。一本小书难以概括一座城市的全貌和气质。尽管如此,我们还是愿意倾尽全力。我们组建了一支有深厚的文化学识和城市情怀的编写团队,他们多是在全国有影响力的特级教师、正高级教师、一线名师。有的名师为了在书中呈现更立体多元、经典可读的城市风貌,通读了几百本相关图书,仍觉得不够;有的名师对"老城市"的"老"做了精准的解读,对丛书的助读系统提出丰富的设计框架;有的名师带领他的"学霸"团队,利用节假日,走进博物馆、图书馆,做了大量的文献检索……毫不夸张地说,每个城市的编者都经历了艰苦的"前阅读"。

然而，写城市的文章太多了，选几十篇编入书中，简直是沙里淘金，且一定遗珠多多。选择什么样的文字呢？经过几番讨论，数易方案，渐渐地，编写组达成共识。我们发现，读城有迹可循。编写团队做了这样的梳理：

1. 依循城市纵横交错的线索，确定框架。为打捞丢失在历史尘埃中的城市老时光，我们做了一番细细耙梳、反复筛选的工作，再沿着"纵""横"两条线索将占有的资料以主题单元的方式呈现。"纵"即城市的历史沿革、发展脉络；"横"就是城市当下的多面向文化叙事，包含景观、习俗、人物、美食、童谣等。这样编排，既有历史的纵深感，又有现实的亲切感，丰富博大的城市概貌就有可能浓缩在一本小书中。

2. 充分考虑读者对象，精准定位选文方向。本丛书的主要读者是中小学生，兼顾其他年龄段读者，所选文章多是可读性、文学性俱佳的名家作品。很多写城市的书只是给大人看的，客观介绍一座城市，文字也不够浅近，孩子难免会觉得枯燥。从这个意义上来说，这是一套定制版的城市文学读本，这一特色让本丛书有别于其他城市主题的书。

3. 让"行读城市"成为一种新的生活方式。读城市，最终要走到城市中。本丛书有一个重要的编写思想，那就是跟着编者行读城市。二十个城市读本中，有的将研学作为一个单独章节，有的则将其融合在各个章节中。无论采用哪种形式，小读者们都能从书中读到书外。一本书就是一座城的博物馆"入场券"，儿童（或成人）经由这张"入场券"，走进城市文明深处。

以《名家笔下的老武汉》为例，我们来一睹老武汉的城貌——全书分为八个章节，从《日暮乡关何处是》到《踏破铁鞋无觅处》《忙趁东风放纸鸢》，将江湖武汉、火辣辣的武汉、因爽而快的武汉生动地展现给读者。每一章都有"导读""群文探究"，每一篇都有"读与思"。读一本书，仿佛在与城市对话、与编者交谈，读者可带着憧憬之心、探究之趣在城的古今穿梭，在城的南北畅游。

编者刘敏动情地说："二十年前，我在武汉读大学。如今，我拖儿带女留在武汉,安居乐业。多少次,我漫步于夜幕中的长江大桥,和灯火一起微醺;多少次,我在汉口江滩,寻觅百年的沉浮……"

不只是武汉,每一座城都值得用心去读。《名家笔下的老西安》编者王林波老师的感言,说出了所有编者的心声:"三年多的时间里,我们走街串巷地亲历感受,我们翻阅文献广泛搜集筛选,我们对话作者深度访谈。一切的努力,只是单纯地想为你——亲爱的读者呈现最适合的老城市。"

我们有理由相信,这是一套真正的精华读本。读者站在名师深读的肩膀上鸟瞰城市,深入城市的叶脉、根系,享受读城的步步惊喜,体验读城的无穷乐趣。

亲爱的读者朋友们,《名家笔下的中国老城市丛书》是一座开放的城堡,我们将不断寻觅,让这个城堡的成员更丰富,文化更多元,视野更开阔。我相信,你们的阅读也必然是开放的——读城市的文学、文化、文明,读城市的传说、市井、烟火,读城市的性格、秉性、气质,读城市的人、事、景……自己读,和爸妈、老师一起读,走进城市博物馆,实景考察,深度研学;不仅读"我的城",还要读"他的城",因为这都是"我们的城"。

再次翻阅一本本书稿,我心中感奋不已。我仿佛又一次和编者朋友们一道,穿行一座座古城,漫步一条条大街,走进一处处深宅,聆听古老钟声,触摸历史心跳。

人在城中,城在心里;一眼千秋,千秋一卷;一卷一城,读行无疆。

于杭州·谷里书院

江南水墨图，千年杭州韵

江南忆，最忆是杭州。杭州，这座被诗和远方浸润的城市，每一寸土地都散发着浓郁的文化气息。

西湖的波光潋滟，灵隐的禅意幽深，龙井的茶香四溢，西溪的野趣盎然……每一处景致都如同古诗中走出的画面，让人心驰神往。漫步西湖，踩着北山路的梧桐落叶，仿佛历史的回声在耳边轻轻呢喃。古老的建筑、传统的工艺、淳朴的民风，都凝聚着杭州独特的韵味与风情。而杭州的文学魅力，更是如同陈年美酒，醉人心脾。那些流传千古的诗词歌赋，如同珍珠般散落在杭州的历史长河中，熠熠生辉，令无数文人骚客为之倾倒。他们以诗为笔，以文为墨，描绘出杭州的绝代风华。

我们精选众多名家的作品，汇集成《名家笔下的老杭州》一书，将杭州的江南古韵、名人逸事娓娓道来，与读者共赏。这些名家作品，或以细腻笔触描绘杭州的自然风光，或以深情文字抒写杭州的人文情怀，或以独特视角追忆杭州的历史变迁。欣赏这些名家名作，我们可以看到西湖的碧波荡漾，听到灵隐的古老禅钟，闻到龙井的淡淡茶香。借此，我们可以领略杭州的无限魅力，感受杭州的深厚底蕴。

除了名家作品，我们还深入挖掘杭州的名人逸事。那些耳熟能详的文人墨客、英雄豪杰，他们曾在杭州留下过足迹，书写过传奇。我们希望每一个读者在阅读这本书时，不仅被杭州的美丽打动，更被杭州深厚的人文底蕴所震撼。

我们也期待更多人走出家门，荡舟西湖，打卡运河，寻访西溪，亲身感受杭州的美丽与魅力。在本书中，我们特别设置了"读与思""群文探究""研学活动"等板块，为读者提供丰富的研学资源和活动建议。我们希望读者通过这些活动，能够跟随编者的脚步，深入探索杭州的各个角落，

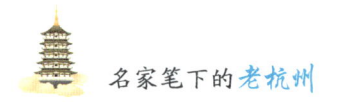

亲身感受杭州的文化底蕴和独特魅力。

此外，我们还特别注重现代杭州多面向的文化叙事。我们深入挖掘当下的景观、习俗、人物、美食等各个方面，让读者更全面地了解杭州这座千年古城的今昔巨变。无论是漫步西湖欣赏美景，还是于小巷一隅品尝杭州特色小吃，我们希望读者朋友能沉浸式地感受杭州的千年余韵。

可以说，这本书就是一座微型的文学博物馆，陈列着杭州的历史、文化、风情，也陈列着杭州的昨天、今天乃至明天。我们衷心希望这本书能够成为一座桥梁，连接起杭州的过去与现在、传统与创新。愿每一个读者在阅读这本书时，都能在感受杭州独特自然风光的同时，也能够被杭州的文学气息所感染。让我们一起走进杭州的历史长河，感受那些古老而动人的故事；让我们一起漫步在杭州的街头巷尾，品味那些独特而美味的小吃；让我们一起徜徉在杭州的文学长河，领略那些优美而深刻的文字。

愿杭州的美丽永远留在你的心中、我的心中、他的心中。愿这本小书的阅读之旅，成为我们生命中共同的美好记忆。

编　者
于西子湖畔

目录 MULU

第一章　印象杭州

2　望海潮·东南形胜 /〔宋〕柳　永
4　湖山怀旧录（节选）/ 张恨水
6　城里的吴山 / 郁达夫
9　静 / 朱自清
11　西溪的晴雨 / 郁达夫
14　◎群文探究

第二章　西湖美景

16　晓出净慈寺送林子方 /〔宋〕杨万里
17　《四时幽赏录》四十八事 /〔明〕高　濂
19　西湖记（节选）/ 徐志摩
21　西湖漫笔（节选）/ 宗　璞
24　◎群文探究

第三章　风雅西湖

26　采桑子·春深雨过西湖好 /〔宋〕欧阳修
27　湖心亭看雪 /〔明末清初〕张　岱
30　西　湖 / 李叔同
31　月下雷峰影片 / 徐志摩
33　异乡记（节选）/ 张爱玲
35　◎群文探究

第四章　杭州"老市长"

38　忆江南 /〔唐〕白居易
40　白公堤
46　饮湖上初晴后雨 /〔宋〕苏　轼
47　造福杭州 / 余秋雨
50　◎群文探究

第五章　京杭大运河

52　临江仙·半道春红 / ［明］聂大年
53　登　舟 / ［清］爱新觉罗·弘历
54　我将从运河归来 / 班　马
56　读不尽的大运河（节选）/ 裘山山
59　◎群文探究

第六章　钱塘江奇观

62　浪淘沙·其七 / ［唐］刘禹锡
64　和运使舍人观潮·其一 / ［宋］范仲淹
65　观　潮 / ［宋］周　密
67　杭州的八月 / 郁达夫
69　◎群文探究

第七章　梦回杭州老城

72　临安春雨初霁 / ［宋］陆　游
74　清河坊（节选）/ 俞平伯
76　拾忆临安城
79　杭州十大古城门民谣
86　◎群文探究

第八章　临安怀古

88　题临安邸 / ［宋］林　升
89　十八相送
93　杭州宣言（节选）/ 余秋雨
96　孤山为什么不孤（节选）/ 王旭烽
100　西泠印社：咫尺金石江山无限（节选）/ 王旭烽
104　◎群文探究

第九章　杭州老味道

106　坐龙井上烹茶偶成 / ［清］爱新觉罗·弘历
107　东坡肉
108　醋熘鱼 / 梁实秋
110　◎群文探究

研学活动：行城·读城

第一章　印象杭州

西湖明珠从天降，龙飞凤舞到钱塘。

　　西湖，是一幅流淌着神奇色彩的画卷，舞动着千年的韵律与诗意。它由远古的海湾演化而来，如同明珠降世，闪烁着璀璨的光华。波光粼粼的水面，如同琴弦颤动般泛起一圈圈涟漪，弹奏出钱塘古老而悠远的历史主旋律。

扫码立领
★ 名师朗读
★ 美文微课
★ 城市印象
★ 老城记忆

望海潮·东南形胜

◎ [宋] 柳 永

东南形胜，三吴都会，钱塘自古繁华。烟柳画桥，风帘翠幕，参差十万人家。云树绕堤沙，怒涛卷霜雪①，天堑无涯。市列珠玑，户盈罗绮，竞豪奢。

重湖②叠巘清嘉，有三秋桂子，十里荷花。羌管弄晴，菱歌泛夜③，嬉嬉钓叟莲娃。千骑拥高牙④，乘醉听箫鼓，吟赏烟霞⑤。异日图将好景，归去凤池⑥夸。

注释

①怒涛卷霜雪：澎湃的潮水卷起像霜雪一样白的浪花。
②重湖：以白堤为界，西湖分为里湖和外湖，所以也叫重湖。
③菱歌泛夜：采菱夜归的船上一片歌声。菱，菱角。泛，漂流。
④高牙：高矗之牙旗。牙，牙旗，将军之旌，竿上以象牙饰之，故云"牙旗"。
⑤吟赏烟霞：歌咏和观赏湖光山色。
⑥凤池：全称凤凰池，原指皇宫禁苑中的池沼，此处指朝廷。

译文

杭州地处东南方，地理形势优越，是江、浙一带的都会。这里自古以来就十分繁华。如烟一般的柳树、雕饰华美的桥梁、挡风的帘子、翠绿的帷幕，楼阁高低不齐，大约有十万户人家。茂密如云的林木环绕着钱塘江沙堤，澎湃的潮水卷起像霜雪一样白的浪花，宽广的江面一望无际。市场上陈列着琳琅满目的珠玉珍宝，家家户户都存满了绫罗绸缎，争相比奢华。

里湖、外湖与重重叠叠的山岭非常清秀美丽。秋天，这里有桂花；夏天，这里有荷花。晴天欢快地吹奏羌笛，夜晚划船采菱唱歌，钓鱼的老翁、采莲的姑娘都喜笑颜开。骑兵队伍簇拥着巡察归来的长官。在微醺中听着箫鼓管弦，吟诗作词，赞美这美丽的山光水色。他日把这美好的景致画出来，回京时定会受到朝廷的夸赞。

读与思

这首词上阕描写杭州的自然风光和都市的繁华，下阕描写西湖，展现杭州人民和平宁静的生活景象。全词以点带面，铺叙晓畅，形容得体，以大开大合、波澜起伏的笔法和浓墨重彩的铺叙，展现了杭州繁荣的景象。

湖山怀旧录（节选）

◎张恨水

南屏晚钟，宜隔湖听之，夕阳既下，雷峰与保俶两塔，倒影波心，残霞断霭，映水如绘。游人自天竺灵隐来，漫步白沙堤上，依依四顾，犹不欲归。钟声镗然，自水面隐隐传来，昏鸦阵阵，随钟声掠空而过，则诗情如出岫之云，漾欲成章矣。

西湖水景，除里外湖外，则当推西溪，两岸梅竹交叉，间具野柳，斜枝杂草，直当流泉。小舟自远来，每觉林深水曲，欲前无路，及其既前，又豁然开朗。蒹葭缥缈，烟波无际，远望小岫林，如画图开展。两岸密丛中，时有炊烟一缕，徐徐而上，不必鸡鸣犬吠，令人知此中大有人在矣。

西湖为中国胜迹，文人墨士，以得一至为荣，故各处联额，无一非出自名手。孤山林和靖墓、林典史墓（太平天国之役殉难者，名汝霖）、林太守墓（清光绪朝杭州知府，有政声，名启）前后

相望，太守墓石坊上有联曰："树人百年，树木十年，树谷一年，两浙无两；处士千古，少尉千古，太守千古，孤山不孤。"曾游西湖者，皆乐诵之。至于少保墓联："赤手挽银河，公自大名垂宇宙；青山埋白骨，我来何处哭英雄。"此则艺林称赞，无人不知矣。苏小小坟上有联曰："桃花流水杳然去；油壁香车不再逢。"集得亦佳。

读与思

张恨水的《湖山怀旧录》不仅是一幅清新淡雅的自然画卷，更是一曲感人肺腑的追忆先贤之歌。张恨水用细腻的笔触勾勒出西湖的静谧与安详。那一副副对联诉说着一段段慷慨激昂的岁月。面对这片美丽的湖山，我们不仅要欣赏它的美景，更要思考它所承载的历史与文化。只有当我们真正理解并尊重历史与文化，才能更好地珍惜当下，展望未来。

城里的吴山

◎郁达夫

不管到过还是没有到过杭州的人,只要是受过几年中学教育的,你倘若问他:"杭州城里有什么大自然的好景?"他总会毫不思索地回你一声:"西湖!"其实西湖是在从前的杭州城外的,以其在杭城之西而得名。真正在杭州城里的大观,第一要推吴山(俗名城隍山)。可是现在来杭州的游客,大半总不注意这里;就是住在杭州的本地人,一年之中也去不了几次,这才是奇事。我这一回来称颂吴山,若说得僭越一点,也可以说是"我的杭州城的发现",以效 My Discovery of London 之颦。不过吴山在辛亥革命以前,就是杭州唯一的游赏之地。现在的发现,也只是重翻旧账而已。

"吴山,春秋时为吴南界,以别于越,故曰吴山。或曰,以伍子胥故,讹伍为吴,故郡志亦称胥山,在镇海楼(即鼓楼)之右。盖天目为杭州诸山之宗,翔舞而东,结局于凤凰山。其支山左折,遂为吴山,派分西北,为宝月,为蛾眉,为竹园。稍南,为石佛,为七宝,为金地,为瑞石,为宝莲,为清平。总曰吴山。……"

这是田叔禾《西湖游览志》卷十二记南山城内胜迹中关于吴山的记载。

二十余年前,杭州人出游,总以这吴山为目的。脚力不济的人,也要出吴山的脚下,上涌金门外三雅园等地方去喝茶。自辛亥革命以来,旗营全毁,城墙拆了,游人就集中在湖滨,不再有上城隍山去消磨半日光阴的事情了。

吴山的好处,第一在它的近,第二在它的不高。元时平章答剌罕脱欢所甃(zhòu)的那数百级的石级,走走并不费力。可是一到顶上,转头四顾,却可以看得见沧海的日出、钱塘江上的帆行、西兴的烟树、城里的人家。西湖只像一面圆镜,从城隍山上俯看下来,却不见得有趣、不见得娇美了。吴山还有一件特有的好处,是山上的怪石特别多。你若从东面上山,一直向南向西,沿岭脊走去,在路上有十几处可以看到这些鬼斧神工的奇岩怪石。假山叠不到这样的巧,真山也绝没有这样的秀。而襟江带湖、碧天四匝、僧庐道院、画阁雕栏、茂林修竹、尘世炊烟等景物,还是不足道的余事。

还有一层,现在的吴山对我来说,比从前更有吸引力的是游人的稀少。大约上吴山去的,总以春秋二季的烧香客为限;一般的游人,尤其是老住在杭州的我所认识的许多朋友,平时是不会去的。乡下的烧香客,在香市里虽拥挤不堪,可是因为我和他们并不相识,所以虽处在稠人广众之中,我还是可以尽情地享受我的孤独。

自迁到杭州后,这城隍山的一角,仿佛变成了我的情人。凡遇到胸怀郁闷、工作倦颓,或风雨晦暝、气候不正的时候,只消上山去走它半天,喝一碗茶、两杯酒,坐两三个钟头,就可以恢复元气,飒爽地回来,好像是洗了一个澡。去年元日,我曾去登过吴山；今年元日，也照例去。此外凡遇节期，以及稍稍闲空的当儿，就是心里没有什么烦闷，我也会独自踱上山去，痴坐半天。

前次语堂来杭，我陪他走了半天城隍山后，他也看出这山的好处来了。我们还谈到了集资买地，来造一个俱乐部的事情。大约吴山卜筑，事亦非难，只要有五千元钱，以一千元买地，四千元造屋，就可以成功了。不过可惜的是几处地点最好的地方，都已经被有钱有势、不懂山水的人占了去。我们若来，只能在南山之下，买几方地，筑数椽屋，处境不高，眺望也不能宽畅，与山居的原意，小有不合而已。

不久之前，有几位研究中国文学的外国人来杭州游玩。我也照例陪他们游吴山。游过之后，他们问我："金人所说的'立马吴山第一峰'，是什么意思？"他们以为吴山是杭州最高的山，所以金人会有这样的诗句。我一时解答不出，就只指给他们一排南宋故宫的遗址。大约自凤山门以西，沿凤凰山而北的一段，一定是南宋的大门，穿过万松岭，可以直达湖滨。他们才恍然大悟地说："原来如此，立马吴山，就可以看得到宫城的全部，金人的用意也可算深了。"这个对于"第一峰"的解释，不知是不是正确。但南宋故宫的遗址，却的确可以由城隍山或紫阳山的极顶看得一望无遗。

读与思

郁达夫居住在杭州期间创作了许多以杭州为背景的散文、小说。郁达夫的文笔优美、视角独到。读他的作品，可以了解杭州很特别的一面。

静

◎朱自清

淡淡的太阳懒懒地照在苍白的墙上,
纤纤的花枝绵绵地映在那墙上。
我们坐在一间"又大、又静、又空"的屋里,
慢腾腾地,甜蜜蜜地,看着
太阳将花影轻轻地、秒秒地移动了。
屋外鱼鳞似的屋;
螺髻似的山;
白练似的江;
明镜似的湖。
地上的一切,一层层屋遮了;
山上的,一叠叠青掩了;
水上的,一阵阵烟笼了。

名家笔下的老杭州

我们尽默默地向着，

都不曾想什么；

只有一两个游客门外过着，

"珠儿""珠儿"地，雏鹰远远地唱着。

读与思

　　1921年12月，朱自清在西湖边城隍山上四景园的一间"又大、又静、又空"的屋里，感受着一个近乎凝固的美丽的世界：屋外鱼鳞似的屋，螺髻似的山，白练似的江，明镜似的湖。地上的一切，一层层屋遮了；山上的，一叠叠青掩了；水上的，一阵阵烟笼了。西湖像风景画似的呈现在读者面前，舒适恬静。这样一幅画，是多么令人向往啊！

西溪的晴雨

◎郁达夫

西北风未起,蟹也不曾肥,我原晓得芦花总还没有白。前两个星期,源宁来看了西湖,说他倒觉得有点失望,因为湖光山色太整齐、太小巧,不够味儿。他开来的一张节目①上,原有西溪的一项。恰巧第二天又下了微雨,秋原和我就主张微雨里下西溪,好教源宁去尝一尝这西湖近旁的野趣。

游西溪,本来是从松木场下船,带了酒盒行厨②,慢慢儿地向西摇去为正宗。像我们这样坐汽车从古荡、东岳飞鸣而过,一个钟头走百来里路的旅客,终于是难度的俗物。但是俗物也有"俗益",你若坐在汽车座里,引颈向西向北一望,直到湖州,只见一派空明,遥盖在淡绿成阴的斜平海上。这中间不见水,不见山,当然也不见人,只是渺渺茫茫、青青绿绿,远无岸、近亦无田园村落的一个大斜坡。过秦亭山后,一直到留下为止的那一条沿山大道上的景色,好处就在这里,尤其是当微雨朦胧、江南草长的春或秋的半中间时。

从留下上船,回环曲折,一路向西向北,只在芦花浅水③里打圈圈;圆桥茅舍,桑树蓼花,是本地的风光,还不足道;最古怪的,是剩在背后的一带湖上的青山,不知不觉,忽而又会移到你的面前来,和你点一点头,又匆匆地别了。

摇船的少女,也总算是西溪的一景:一个站在船尾摇橹,一个坐在船头使桨,身体一伸一俯、一往一来,和着橹声的"咿呀"、水波的起落，凑合成一种又圆又曲的软调。游人到此，自然会想起瘦西湖边，竹西歌吹④的闲情。而源宁昨天在漪园月下老人祠里求得的那支灵签，仿佛是完全地应了。签诗的文字是《鄘风·桑中》章末后三句，叫作"期我乎桑中，要我乎上宫，送我乎淇之上矣"。

此后便到了茭芦庵，上了弹指楼。因为是在雨里，带水拖泥，终于也感受不到什么乐趣。但这一天向晚回来，在湖滨酒楼上放谈之下，源宁却一本正经地说："今天的西溪，却比昨日的西湖好三倍。"

前天星期天，日暖风和，并且在报上也曾看到了芦花怒放的消息。午后日斜，老龙夫妇又来约去西溪，去的时候太晚了一点，所以只在秋雪庵的弹指楼上，消磨了半日之半的时间。一片斜阳，反照在芦花浅渚的高头⑤，花也并未怒放，树叶也不曾凋落，原不见秋，更不见雪，只是一味的晴明浩荡，飘飘然，浑浑然，洞贯了我们的肠腑。老僧无相，烧了面，泡了茶，更送来了酒，末后还拿出了纸和墨。我们看看日影下的北高峰，看看庵旁边的芦花荡，就问无相："花要几时才能全白？"老僧操着缓慢的楚国口音，微笑着说："总要到阴历十月的中间。若有月亮，更为出色。"说后，还提出了一个交换的条件，要我们到那时候再去一玩，他当预备些精馔相待，聊当作润笔。可是今天的字，却非写不可。老龙写了"一剑横飞破六合，万家憔悴哭三吴"十四个字，我也附和着抄了一副不知在哪里见过的联语："春梦有时来枕畔，夕阳依旧上帘钩。"

喝得醉醺醺，走下楼来，小河里起了晚烟，船中间满载了黑暗。龙妇又逸兴遄（chuán）飞，不知上哪里摸出了一支洞箫来吹。"其声呜呜然，如怨如慕，如泣如诉，余音袅袅，不绝如缕"，倒真有点儿像是七月既望，和东坡在赤壁夜游。

（有删改）

注释

①节目：指项目、条目。

②酒盒行厨：指出游时携带的酒食。

③芦花浅水：出自唐代司空曙《江村即事》"纵然一夜风吹去，只在芦花浅水边"。即使吹一夜的风，船也不会飘远，只会停搁在芦花滩畔、浅水岸边。

④竹西歌吹：出自唐代杜牧《题扬州禅智寺》"谁知竹西路，歌吹是扬州"，泛指繁华之地。

⑤高头：上面。

读与思

本文题为《西溪的晴雨》，但正面描绘西溪晴雨时的景色并不多，倒是围绕着这两次游览时的人物写得较为生动，如友人源宁倾向于曲折、博大的审美情趣，老僧无相的雅趣，友人老龙的诗书底蕴和龙夫人的才情。文中自然充满着文人的雅兴、诗人的气质，读来感到一种恬静的闲适与悠然的诗情。你认为这篇游记最大的特点是什么？你喜欢这样的表达吗？

群文探究

1. 制作一本主题为"印象杭州"的手账，可以以照片、简介、美文读后感、实践感悟等形式记录杭州的自然风光、人文历史、地理环境等方面的内容。

2. 对"立马吴山第一峰"这句诗，很多来杭州的游客不太理解。你能为大家绘制一幅地图，向大家简要介绍一下吴山吗？

3. 考察吴山、西溪等杭州的文化遗迹，深入了解这些遗迹的历史背景和文化内涵。

4. 结合自己所学的有关杭州的文化知识，用文章、照片、手工艺品、文化产品等设计并布置一个宣传杭州文化的交流小展厅，向游客介绍自己在整个探究过程中的收获和创新性成果。

第二章　西湖美景

晴湖不如雨湖，雨湖不如月湖，月湖不如雪湖。

　　西湖之美，不仅在于晴湖、雨湖、月湖、雪湖各具风姿，更在于一年四季，美景层出不穷。西湖之美，美在晨昏冬夏，美在清雅意趣，美在浪漫柔情……

扫码立领
★ 名师朗读
★ 美文微课
★ 城市印象
★ 老城记忆

名家笔下的老杭州

晓出净慈寺送林子方

◎ [宋] 杨万里

毕竟西湖六月中，风光不与四时同。
接天莲叶无穷碧，映日荷花别样红。

读与思

这是一首描写西湖美丽景色的诗，是"诗中有画，画中有诗"的典范作品。诗人开篇即说六月的西湖景色与其他季节不同，语言简单质朴，写出了六月西湖带给诗人的总体感受。然后，诗人用"碧"与"红"的强烈颜色对比，描绘了湖上荷叶与荷花互相映衬的绮丽景致，表达了对西湖的赞美之情。

《四时幽赏录》四十八事

◎ [明] 高　濂

春时幽赏

孤山月下看梅花。八卦田看菜花。虎跑泉试新茶。保俶塔看晓山。西溪楼啖煨笋。登东城望桑麦。三塔基看春草。初阳台望春树。山满楼观柳。苏堤看桃花。西泠桥玩落花。天然阁上听雨。

夏时幽赏

苏堤看新绿。东郊玩蚕山。三生石谈月。飞来洞避暑。压堤桥夜宿。湖心亭采莼。湖晴观水面流虹。山晚听轻雷断雨。乘露剖莲雪藕。空亭坐月鸣琴。观湖上风雨欲来。步山径野花幽鸟。

秋时幽赏

西泠桥畔醉红树。宝石山下看塔灯。满家弄赏桂花。三塔基听落雁。胜果寺月岩望月。水乐洞雨后听泉。资严山下看石笋。北高峰顶观海云。策杖林园访菊。乘舟风雨听芦。保俶塔顶观海日。六和塔夜玩风潮。

冬时幽赏

湖冻初晴远泛。雪霁策蹇寻梅。三茅山顶望江天雪霁。西溪道中玩雪。山头玩赏茗花。登眺天目绝顶。山居听人说书。扫雪烹茶玩画。雪夜煨芋谈禅。山窗听雪敲竹。除夕登吴山看松盆。雪后镇海楼观晚炊。

读与思

《四时幽赏录》是晚明著名养生家高濂一年四季游览西湖胜境的实录,共有四十八篇。此文相当于这四十八篇文章的概括总结。这里每一句,皆对应一篇妙文。

仔细阅读《四时幽赏录》四十八事,每读完一事,闭上眼睛想象一下作者所描绘的画面。查阅资料,看看古人的生活情趣与西湖的景致是怎样的。

西湖记（节选）

◎徐志摩

我们第一天游湖，逛了湖心亭——湖心亭看晚霞、看湖光是湖上少人注意的一个精品——看初华的芦荻。楼外楼吃蟹，曹女士贪看柳梢头的月，我们把桌子移到窗口，这才是持螯看月了！夕阳里的湖心亭，妙；月光下的湖心亭，更妙。晚霞里的芦雪是金色的，月下的芦雪是银色的。莫泊桑有一段故事，叫作《In The Moonlight》，描写月光激动人的柔情的魔力。那个可怜的牧师，永远想不通一个矛盾："既然上帝造黑夜来让我们安眠，那这样绝美的月色，比白天美得多，又是什么含意呢？"便是严肃的、最古板的宝贝，只要它不曾死透僵透，恐怕也禁不起"秋月的银指光儿，浪漫的搔爬！"曹女士唱了一个《秋香歌》，婉转曼妙得很。

三潭印月——我不爱什么九曲，也不爱什么三潭，我爱在月光下看雷峰塔静极了的影子——我见了那个，便不要性命。

阮公墩也是个精品，夏秋间竟是个绿透了的绿洲。晚上雾霭苍茫里，背后的群山，只剩了轮廓。谁说这上面不是神仙之居？

我形容北京冬令的西山，寻出一个"钝"字；我形容中秋的西湖，舍不了一个"嫩"字。

昨夜二更时分与适之远眺着静谧的湖与堤，印在波光里的堤影，清绝秀绝媚绝，真是理想的美人，随她怎样的姿态，也比拟不得的绝色。我们便想出去拿舟玩月。拿一支轻如秋叶的小舟，

《西湖美景》
杭州市行知第二小学二（1）班　张馨艺/绘

悄悄地滑上了夜湖的柔胸；拿一支轻如芦梗的小桨，幽幽地拍着她光润、蜜糯的芳容，挑着她雾縠似的梦壳，扁着身子偷偷地挨了进去，也好分赏她贪饮月光醉了的妙趣！

但昨夜却为泰戈尔的事缠住了，辜负了月色，辜负了湖光，不曾去拿舟，也不曾去偷赏"西子"的梦境。且待今夜月来时吧！

读与思

《西湖记》是徐志摩归国后与友人同游西湖的记录。在这篇游记散文中，徐志摩以优美的笔触，将西湖的美丽风光、人文景观以及浪漫意境生动地呈现出来。他以诗意的语言，抒发了自己对西湖的赞叹和对生命的思考。

西湖漫笔（节选）

◎宗　璞

六月，并不是好时候，没有花，没有雪，没有春光，也没有秋意。那几天，有的是满湖烟雨，山光水色，俱是一片迷蒙。西湖，仿佛在半醒半睡。空气中，弥漫着经了雨的栀子花的甜香。我记起苏东坡的诗句："水光潋滟晴方好，山色空蒙雨亦奇。"便想，苏东坡自是最了解西湖的人，实在应该仔细观赏、领略才是。

正像每次一样，匆匆地来，又匆匆地去。几天中我领略了两个字。一个是"绿"，只凭这一点，已使我流连忘返。雨中去访灵隐，一下车，只觉得绿意扑眼而来。道旁古木参天，苍翠欲滴，似乎飘着的雨丝儿也都是绿的。飞来峰上层层叠叠的树木，有的绿得发黑，深极了，浓极了；有的绿得发蓝，浅极了，亮极了。峰下蜿蜒的小径，布满青苔，直绿到了石头缝里。在冷泉亭上小坐，只觉得遍体生凉，心旷神怡。亭旁溪水琤（chēng）瑽（cōng），说是溪水，其实表达不出那奔流的气势，平稳处也是碧澄澄的，流得急了，水花飞溅，如飞珠滚玉一般，在这一片绿色的影中显得分外好看。

西湖的胜景很多，各处有不同的好处，即便一个绿色，也各有不同。黄龙洞绿得幽，屏风山绿得野，九曲十八涧绿得闲……不能一一去说。漫步苏堤，两边都是湖水，远水如烟，近水着了微雨，泛起一层银灰的颜色。走着走着，忽见路旁的树十分古怪，一棵棵树虽然离得较远，却给人一种莽莽苍苍的感觉，似乎是从

树梢一直绿到了地下。走近看时,原来是树上布满了绿茸茸的青苔,那样鲜嫩,那样可爱,使得绿茵茵的苏堤更加绿了几分。有的青苔,形状也有趣,如耕牛,如牧人,如树木,如云霞;有的整片看来,布局宛然一幅青绿山水。这种绿苔,给我的印象是坚韧不拔,不知当初苏公对它们印象怎样。

在花港观鱼,看到了又一种绿。那是满池的新荷,圆圆的绿叶,或亭亭立于水上,或婉转靠在水面,只觉得一种蓬勃的生机跳跃满池。绿色,本来是生命的颜色。我最爱看初春的杨柳嫩枝,那样鲜,那样亮。柳枝儿一摆,似乎蹬着脚告诉你,春天来了。荷叶,则要持重一些,初夏,则更成熟一些,但那透过活泼的绿色表现出来的茁壮的生命力,是一样的。再加上叶面上的水珠儿滴溜溜滚着,简直好像满池荷叶都要裙袂飞扬、翩然起舞了。

从花港乘船而回,雨已停了。远山青中带紫,如同凝住了一段云霞。波平如镜，船儿在水面上滑行，只有桨声欸乃，愈增加了一湖幽静。一会儿摇船的姑娘歇了桨，喝了杯茶，靠在船舷。只见她向水中一摸，顺手便带上一条欢蹦乱跳的大鲤鱼。她自己只微笑着，一声不出，把鱼甩在船板上。同船的朋友看得入迷，连连说："这怎么可能！"上岸时，又回头看那在浓重暮色中变得无边无际的白茫茫的湖水，惊叹道："这真是个神奇的湖！"

读与思

　　《西湖漫笔》是一篇充满浓郁文学韵味的游记散文。宗璞以其独特的视角和笔触，将西湖的美景与人文之韵融为一体，绘制出一幅幅诗意盎然的画卷。在宗璞的笔下，西湖不仅仅是一片湖光山色，更是一个充满故事和情感的世界。她运用丰富的修辞手法，将自然景色与人文景观描绘得如诗如画，让读者仿佛置身于一个梦幻般的境地。她笔下的荷叶、荷花、摇船姑娘，都被赋予了生命与情感，成为文章的主角，与读者分享着它（她）们的故事与感受。

　　宗璞用一个"绿"字，道尽了西湖周边各景点蓬勃的生机。本文中说："几天中我领略了两个字。"其中一个字是"绿"，请阅读《西湖漫笔》全文，查一下另一个字是什么。如果让你来写一篇西湖的妙文，你会用哪一个字？

群文探究

1.西湖之美,在于四时之不同,在于变化多端的身姿,有晴湖的碧蓝,雪湖的莹白,雾湖的朦胧……如果请你来评析西湖之美,你最喜欢哪个?

文章	作者	描写了西湖的哪一方面	最喜欢的精彩句子	我的评价(按喜欢的程度排序)
《晓出净慈寺送林子方》	杨万里			
《四时幽赏录》四十八事	高濂			
《西湖记(节选)》	徐志摩			
《西湖漫笔(节选)》	宗璞			

2.在艾青先生的眼中,西湖是"月宫里的明镜,不幸失落人间。一个完整的圆形,被分成了三片。人们用金边镶裹,裂缝以漆泥胶成,敷上翡翠、涂上赤金,恢复它的原形。晴天,白云拂抹,使之明洁,照见上空的颜色。在清澈的水底,桃花如人面,是彩色缤纷的记忆"。(《西湖》)

请你把艾青的《西湖》与徐志摩的《西湖记》、宗璞的《西湖漫笔》比较一下,看看它们有什么相同之处和不同之处。

第三章　风雅西湖

轻舟短棹西湖好，绿水逶迤。

无风水面琉璃滑，不觉船移。

　　西湖是一汪悠远又澄净的湖水，行舟极富情趣，意境空灵美妙，令人欣然神往。西湖的四周是螺髻似的山，"山上的，一叠叠青掩了"。山与水在这宁静超然中，浑然一体。西湖的美啊，需要我们用心发现。

扫码立领
★ 名师朗读
★ 美文微课
★ 城市印象
★ 老城记忆

名家笔下的老杭州

采桑子·春深雨过西湖好

◎ [宋]欧阳修

春深雨过西湖好,百卉争妍。蝶乱蜂喧。晴日催花暖欲然。兰桡画舸悠悠去,疑是神仙。返照波间。水阔风高飏管弦。

读与思

春深雨过,西湖的美景更是如画。百花争艳,蝶飞蜂舞,呈现出一派生机勃勃的景象。西湖上,兰桡画舸悠然驶去,如诗如画的场景有如仙境。阳光照射在湖面,波光粼粼,一切都显得那么和谐、美好。

然而,笔锋一转,开阔的湖面、舒适的春风与美妙的音乐,共同构成了一幅生动而和谐的画面。"返照波间。水阔风高飏管弦"不仅展现了音乐的魅力,还隐喻了诗人对人生的选择与追求。面对人生的各种选择,我们是否能够像诗人一样,勇敢地追求自己的梦想,不畏困难,不惧风雨?

湖心亭看雪

◎ [明末清初] 张　岱

　　崇祯五年十二月，余住西湖。大雪三日，湖中人鸟声俱绝。是日更定矣，余挐①一小舟，拥毳衣炉火②，独往湖心亭看雪。雾凇沆砀③，天与云与山与水，上下一白，湖上影子，惟长堤一痕、湖心亭一点、与余舟一芥、舟中人两三粒而已。

　　到亭上，有两人铺毡对坐，一童子烧酒炉正沸。见余大喜曰："湖中焉得更有此人！"拉余同饮。余强饮三大白④而别。问其姓氏，是金陵人，客此。及下船，舟子喃喃曰："莫说相公⑤痴，更有痴似相公者。"

（选自《陶庵梦忆》）

名家笔下的老杭州

注释

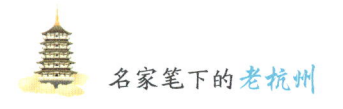

①挐（ná）：通"拿"，撑（船）。
②拥毳（cuì）衣炉火：裹着裘皮衣服，围着火炉。拥，裹、围。毳，鸟兽的细毛。
③雾凇（sōng）沆（hàng）砀（dàng）：冰花一片弥漫。沆砀，水汽弥漫的样子。
④三大白：三大杯酒。白，古人罚酒时用的酒杯。
⑤相公：旧时对士人的尊称。

译文

崇祯五年十二月，我住在西湖边。大雪接连下了多日，湖中一个游人也没有，连飞鸟的声音都消失了。这一天初更以后，我划着一只小船，裹着细毛皮衣，抱着火炉，独自前往湖心亭看雪。我看见湖上冰花周围弥漫着水汽，天、云、山、水浑然一体，到处白茫茫一片。湖上能见到的影子，只有西湖长堤在雪中隐隐露出的一道痕迹，一点湖心亭的轮廓，以及像一片芥叶一样漂在湖中的小船，像两三粒小小的米粒一样的船上人罢了。

除了赏雪景，我还在湖心亭上有一番奇遇。到了湖心亭上，我看见已经有两人铺好了毛毯，相对而坐，一个童子正在把酒炉里的酒烧得滚沸。他们看见我，非常高兴地说："想不到在湖中，还有您这样有闲情逸致的人！"于是拉着我一同饮酒。我痛快地喝了三大杯酒，然后和他们道别。询问他们的姓氏，得知他们是金陵人，在此地客居。等到我下船的时候，船夫嘟哝道："不要说相公您痴，还有像相公您一样痴的人啊！"

读与思

西湖之胜,"晴湖不如雨湖,雨湖不如月湖,月湖不如雪湖"。雪湖之美,尽在《湖心亭看雪》。文章用清新淡雅的笔墨,描绘了雪后西湖宁静清绝的景象,表达了作者对西湖独特的爱。

名家笔下的老杭州

西 湖

◎李叔同

看明湖一碧，六桥锁烟水。塔影参差，有画船自来去。垂杨柳两行，绿染长堤。飐晴风，又笛韵悠扬起。

看青山四围，高峰南北齐。山色自空蒙，有竹木媚幽姿。探古洞烟霞，翠朴须眉。霅（zhà）①暮雨，又钟声林外启。

大好湖山如此，独擅天然美。明湖碧无际，又青山绿作堆。漾晴光潋滟，带雨色幽奇。靓妆比西子，尽浓淡总相宜②。

注释

①霅：霅溪，水名，在今浙江。现在叫东苕溪。
②靓妆比西子，尽浓淡总相宜：化用苏轼的"欲把西湖比西子，淡妆浓抹总相宜"。西湖犹如西施，无论浓妆、素颜均能尽显人间最美的姿色。

读与思

西湖之美，温润婉约，端庄大方。李叔同曾经为西湖作了一首四部合唱曲《西湖》。让我们一起来搜集一些与西湖相关的歌曲吧。如果你有喜欢的歌，可以唱给伙伴们听。

月下雷峰影片

◎徐志摩

我送你一个雷峰塔影,
满天稠密的黑云与白云;
我送你一个雷峰塔顶,
明月泻影在眠熟的波心。

深深的黑夜,依依的塔影,
团团的月彩,纤纤的波鳞——
假如你我荡一只无遮的小艇,
假如你我创一个完全的梦境!

读与思

　　《月下雷峰影片》以独特的视角和细腻的情感，勾画了一幅别致的西湖夜景。它不仅仅是一首描绘风景的诗，更是一首对生活、对自然深度思考的诗。诗人依次将塔、云（黑云和白云）、明月、水波展现在你的眼前，一幅朦胧优雅的水墨画便跃然纸上。"明月泻影在眠熟的波心"则为我们描绘出一幅宁静而和谐的画面，明月与波心之间仿佛形成了一种默契，它们相互依赖、相互映照。这种相互依存的关系，恰恰是人类与自然之间的理想关系。

　　这些还不够，诗句的两个"假如"，使你进入想象之中。你和诗人一起将一只小艇荡入月光水色，不知不觉就沉浸在一幅梦境般的水墨画里。

　　这幅《日光下的雷峰塔》色彩明艳，向我们传达了怎样的生活感受？

《日光下的雷峰塔》
杭州市行知第二小学三（1）班　张雨桐/绘

异乡记（节选）

◎张爱玲

小船划到外湖的宽阔处，湖上起了一层白雾，渐渐浓了。难得看见一两只船，只是一个影子，在白雾里像个黑蚂蚁，两只桨便是蚂蚁脚；船在波中的倒影却又看得很清楚，好像另有个黑蚁倒过来蠕蠕爬着。天地间就只有一倒一顺这几个小小的蚂蚁。自己身边却有那酥柔的水声，偶尔"咽"地一响，仿佛它有块糖含在嘴里，隔半天咽上一口唾液。我第一次感到西湖的柔媚，有一种体贴入微的温柔，略带着点小家子气，不是叫人觉得难以消受

的。中国士大夫两千年来的绮梦就在这里了。雾蒙蒙的，天与水相偎相依。在这片迷茫中，却有一只游船上开着话匣子，吱吱呀呀刺耳地唱起流行歌来。在这个地方，古时候有过多少韵事发生，至今还缠绵不休的西湖上，这电影歌曲听上去简直粗俗到了极点，然而也并无不合，反倒使这幅图画更突出了。

> **读与思**
>
> 在张爱玲眼中，雾中的西湖是柔媚的，有一种体贴入微的温柔，略带着点小家子气，不是叫人觉得难以消受的。你眼中的西湖又是怎样的呢？

群文探究

1. 自古以来，文人墨客留下的有关西湖与西湖周边风光的文字数不胜数。其中，特别有意思的是对联（楹联）。人们从中选择了一些有意思的部分，镌刻在这镶嵌在湖光山色中的亭台楼阁上。

中山公园	水水山山处处明明秀秀； 晴晴雨雨时时好好奇奇。
花神庙	翠翠红红处处莺莺燕燕； 风风雨雨年年暮暮朝朝。
冷泉亭	泉自几时冷起； 峰从何处飞来。
九溪十八涧	重重叠叠山，曲曲环环路； 叮叮咚咚泉，高高下下树。
平湖秋月	佳景四时，最好秋光何况月； 静观万物，欲平天下有如湖。
吴山汇观亭	八百里湖山，知是何年图画； 十万家烟火，尽归此处楼台。

亲爱的读者们，欣赏完对联（楹联），你是不是觉得西湖美得更有内涵、更有韵味了？若你对西湖的对联（楹联）产生了兴趣，可以在相关文章和西湖的各大景点中仔细搜寻它们的身影。

2. 杭州西湖是历代文人荟萃之地。他们慕名游览，在西湖边踏青赏景、即景赋诗、访古思幽、抒发情怀之余，往往也会用摩崖石刻的方式表达对西湖的眷恋。

西湖边至今仍保存着唐至民国年间重要的摩崖石刻。内容丰富、题刻精美的摩崖石刻，是西湖重要的文化符号。同学们可以仔细寻找一下西湖边的摩崖石刻，拍照记录一下，这也是很有意思的学习活动。

3. 杭州流传着两句古老的歌谣："西湖明珠从天降，龙飞凤舞到钱塘。"这其中有一个讲西湖来历的民间故事。请你查一查这个故事，把它讲给爸爸妈妈听。

第四章　杭州"老市长"

雨顺风调百谷登，民不饥寒为上瑞。

　　余秋雨先生在《杭州宣言》中说，杭州后来能变得这样美丽，完全是靠人力创造的。那么，是谁让杭州这片"浅浅的小海湾""盐碱地"，成为世界著名的美丽城市呢？这得从杭州历史上几位著名的"老市长"说起。让我们一起来了解一下杭州的"老市长"——白居易、苏东坡。

扫码立领
★ 名师朗读
★ 美文微课
★ 城市印象
★ 老城记忆

忆江南

◎ [唐] 白居易

其一

江南好，风景旧曾谙：日出江花红胜火，春来江水绿如蓝。——能不忆江南？

其二

江南忆，最忆是杭州：山寺月中寻桂子，郡亭枕上看潮头。——何日更重游？

读与思

"处处回头尽堪恋,就中难别是湖边",白居易是真喜欢杭州啊!据说他离任杭州时,心想西湖风月虽知自己深爱之情,但两手空空地走了,总觉得不踏实,于是"唯向天竺山,取得两片石"。两片天竺山的石头虽轻,却承载了"老市长"对杭州的眷恋;"未能抛得杭州去,一半勾留是此湖",表达了他对杭州的深爱之情。同学们可以搜集、了解白居易写杭州的其他诗词,感受这位"老市长"对杭州的深情。

白公堤

这一年,杭州大旱,西湖旁边大批农田龟裂,水稻晒得像被火烧过一样。老百姓天天到衙门里请求放西湖水,可那些官员们都自顾自地寻欢作乐,并不理会老百姓的请求。

这一天,百姓们又熙熙攘攘地来到衙门前。有的喊:"青天大老爷,赶快放西湖水,救救农田吧!"有的喊:"再不放西湖水,老百姓都活不下去啦!"衙门里的太爷被闹得昏头昏脑,只好匆匆走到衙门口,怒气冲冲地说:"谁说放西湖水?把西湖水放了,那湖里的鱼龙就没地方栖息啦!"老百姓说:"请问大老爷,是鱼龙性命要紧,还是百姓性命要紧?"太爷一听,又气呼呼地说:"谁说放西湖水?把西湖水放了,荷藕菱茭还活得成吗?"老百姓说:"请问大老爷,是荷藕菱茭重要,还是稻米重要?"太爷一时无话可答。

人群中忽然有人高声说:"讲得对呀!讲得有理!"百姓们回过头去,只见五十米开外,一人五绺长须,头戴方巾,身穿青衫,笑眯眯地站在那里。太爷一听更生气了,冲着那人说:"你说什么?原来是你在这里煽动!"

那人道:"对不起,我刚来。我说你作为百姓的父母官,难道不应该听听百姓的呼声吗?"

太爷皱起眉头,问:"你是谁?"

那人说:"我姓白,白居易就是我。"

太爷一听是白居易，赶忙三步并作两步从台阶上走下来，打躬作揖地说："哎呀，我当是谁，原来是白大人到啦！下官有失远迎，得罪得罪！请，快请到里面歇息。"

原来白居易刚被任命为杭州刺史。他为了察访民情，没穿官服就到衙门里来了。

白居易上任第二天，果然放了西湖水。百姓们望着碧绿碧绿的湖水"哗哗"地流进农田，都说："白居易一来，我们农家就有救了。"

白居易上任不久，就访问了附近多户农家。第二年，他在钱塘门外修了一道堤，造了一座石涵闸，把湖水蓄得满满的。他又担心后来的地方官不了解堤坝跟农家的利害关系，还亲自写了《钱塘湖闸记》，详细地记载了堤坝的功用以及蓄水、放水和保护堤坝的方法，并把它刻在石碑上。

百姓们都来看这块石碑。当看到上面写着放一寸湖水能灌溉多少农田时，大家都为白居易深知百姓疾苦和精密设计水利工程而感动，纷纷要为白居易向朝廷请功。

白居易在杭州做了三年刺史，对西湖水管理得可严啦！有一次，白居易在湖上观赏风景，看到挨着湖南岸的一处湖面上，有人在建造亭台楼阁。白居易就查问是哪一家造的。当差的查明后，回禀说："这是衙内二爷的老丈人在造一座花园哩！"白居易就把二爷的老丈人传来，说："西湖是大家的，你一个人怎么好占用呢？现在罚你开葑田一百亩。"那位二爷的老丈人晓得刺史说一不二，只好雇了一批人，挖了一百亩湖泥。

又有一次，白居易从灵隐道上散步回来，看见有人砍了两棵树。白居易就对那人说："山上的树砍光了，泥沙就流到西湖里

名家笔下的老杭州

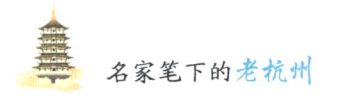

去啦！罚你补种十棵树！"那人只好到山上补种了十棵树。

从此，再没有人敢占湖造屋、上山砍树了。

白居易不但关爱杭州百姓，而且对西湖更情有独衷。每当政事稍有空闲，他就去白沙堤、孤山一带细细玩赏。淡荡的烟波，轻拂着堤柳的景色，大大助长了他的诗兴。因而他在杭州三年，写下了许多著名的山水诗。西湖的景色，经他的笔墨点染，在人们眼里，就显得更加美丽可爱了。有一次，白居易从孤山寺归来，在堤上走着走着，不觉诗兴勃勃，当即吟成七律《钱塘湖春行》：

孤山寺北贾亭西，水面初平云脚低。

几处早莺争暖树，谁家新燕啄春泥。

乱花渐欲迷人眼，浅草才能没马蹄。

我爱湖东行不足，绿杨荫里白沙堤。

第四章 杭州"老市长"

这时，有一个老婆婆拄着拐杖，也在白沙堤上看风景。白居易就走上前去，对老婆婆说："我刚才作了一首诗，吟给您听听，您看好不好？"于是就把这诗念了一遍。老婆婆听了说："这诗好啊！不过白沙堤不止你一个人爱，我们杭州人都爱呢。你不如把'我'字改成'最'字吧，这样就吟出了许多人的心声。"

白居易一听喜得跳起来，连连说："老婆婆，您说得对，改得好，真要谢谢您了！"

于是，这首诗的最后一句就成了"最爱湖东行不足，绿杨荫里白沙堤"。

后来，老婆婆一打听，这人就是白居易，逢人就讲："白居易的诗，我也改过，他还谢过我哩！"一时被杭州人传为美谈。

白居易在杭州三年，组织百姓兴筑湖堤，把杭州治理得水绿

山青。由于湖水蓄放便利，大批农田受益，百姓生活渐渐富庶起来。皇帝知道了白居易的功绩，要把他调到京城里去。

白居易要离开杭州的消息传到百姓的耳朵里，大家心里很难过。他们打听好白居易离开的日子，纷纷提了酒壶，拿了糕点，到西湖边来送别。

百姓们在西湖边等啊等啊，没有听到开锣喝道的声音；等啊等啊，没有看到抬着大箱小箱的行列。过了一歇，只见白居易骑着一匹白马，从天竺山缓缓而来，当差的抬着两片天竺石在后面跟着。

白居易一路走来，一路与百姓们话别。百姓们拦住白居易，人人泣不成声。白居易看了，心中十分感动，当即在马上吟咏道：

三年为刺史，饮冰复食檗。

唯向天竺山，取得两片石。

此抵有千金，无乃伤清白。

百姓一直把白居易送到运河边的码头，才依依惜别。

船离开杭州，一路北上。白居易一个人坐在船头不言不语，闷闷不乐。随行的差人见他从早到晚一口酒也不喝、一句诗也不作，好奇地问道："大人在杭州做了三年刺史，虽然快活，却是外官。现在到京城里去做官是一件美差，您却整天皱着眉头，这是为什么呢？"

白居易说："你们不知道，我有病啊！"

差人说："您吃得下饭，睡得着觉，不像有病的样子。您到底有什么病呢？"

白居易说："我患的是相思病。我在思念南北两峰、西湖一水啊！"

第四章　杭州"老市长"

差人听了大笑道："这个相思病，害得可新奇哩！"

白居易自己也笑起来说："是啊！'但闻山水癖，不见说相思。既说相思苦，西湖美可知。'"

这时候，船快要出浙江境了，白居易提笔在纸上写了一首诗，叫船老大带回去贴在西湖的断桥亭上。此诗曰：

  自别钱塘山水后，不多饮酒懒吟诗。

  须将此意凭回棹，报与西湖风月知。

白居易离开杭州后，杭州人民都怀念他，亲切地称他为"白舍人"。有人画了他的像，供在家里；有人把他的诗抄写了贴在墙上……

白居易在西湖修的这条堤，已经被淹没了。但是杭州人一直把那条连接断桥和孤山的"白沙堤"叫作"白公堤"，后来改称"白堤"，以纪念这位为杭州人民做了许多好事的"老市长"。

读与思

现在的"白堤"并不是白居易在任时修筑的那条堤，而是杭州人民为了纪念这位受人爱戴的"老市长"，把原来的"白沙堤"改称"白公堤"。西湖边还有一条"杨公堤"，这条堤也跟一位"老市长"有关系。请查阅资料，了解一下"杨公堤"的相关情况。

名家笔下的老杭州

饮湖上初晴后雨

◎ [宋] 苏 轼

其一

朝曦①迎客艳重冈,晚雨留人入醉乡。

此意自佳君不会,一杯当属水仙王②。

注释

①朝曦:早晨的阳光。

②水仙王:宋代西湖旁有水仙王庙,祭祀钱塘龙君,故称钱塘龙君为水仙王。

其二

水光潋滟晴方好,山色空蒙雨亦奇。

欲把西湖比西子,淡妆浓抹总相宜。

读与思

杭州西湖因为苏轼的一句"欲把西湖比西子,淡妆浓抹总相宜"而闻名天下。历史上如西子般貌美的女子不在少数,诗人何以偏偏要把西湖比作西子呢?

造福杭州

◎余秋雨

杭州实在是太幸运了，居然在成为南宋国都之前，迎来过一个重要人物，那就是苏东坡。

苏东坡两度在杭州为官。第一次是三十多岁时任杭州通判，第二次是五十多岁时任杭州知州。与白居易一样，他来到这座城市的时候一点儿也没显出旷世诗人的模样，而是变成了一位彻彻底底的水利工程师。甚至，比白居易还彻底。

苏东坡不想在杭州结诗社、开笔会、建创作基地、办文学评奖，甚至不想在杭州写诗。偶尔写了一首《饮湖上初晴后雨·水光潋滟晴方好》，在我看来算不得成功之作。他仅仅是随口吟过，根本不会放在心上。他那忧郁的眼神，捕捉到了西湖的重大危机。如果一定要把西湖比作美女西施，那么，这位美女已经病入膏肓、来日无多了。

他来杭州做通判时，发现西湖已经被葑草藻荇堵塞了十分之三；而当他来杭州做知州时，发现西湖已经被堵塞了一半；从趋势看，再过二十年，西湖将全然枯竭，不复存在。

没有了西湖，杭州也将不复存在。如果湖水枯竭，西湖与运河的水资源将会失衡，咸潮必将顺着钱塘江倒灌，咸潮带来的泥沙将会淤塞运河，而供给城市用水的"六井"也必将归于无用，市民受不了咸水之苦又必将逃散……那么，杭州也就成了一座废城。

不仅杭州成为一座废城，杭州周围的农田也将无从灌溉，而淡水养殖业、酿酒业、手工业等也都将一一沦丧。国家的税收来源也将受到重大影响。

面对这么恐怖的前景，再潇洒的苏东坡也潇洒不起来了。他上奏朝廷，多方筹集工程款项，制订周密的行动方案，开始了大规模的抢救工程。他的方案包括这样几个方面：

第一，湖中堙塞之处已被人围垦成田的，下令全部废田还湖；

第二，深挖西湖湖底，规定中心部位不准养殖菱藕，以免湖底淤积；

第三，用挖出的大量葑泥筑一道跨湖长堤，堤中建造六座石桥使湖水流通，这就是"苏堤"；

第四，在西湖和运河之间建造堰闸，做到潮不入湖；

第五，征用千名民工疏浚运河，保证漕运畅通；

第六，把连通西湖和"六井"的输水竹管更换成石槽瓦筒结构，使输水系统长久不坏，并新建二井。

这些事情，仅仅做一件就已经需要很多人力、物力了，现在要把它们加在一起同时推进，简直把整个杭州城忙翻了。

杭州人谁都知道，这位总指挥叫苏东坡。但谁都忘了，这个苏东坡就是那个以诗文惊世的苏东坡！

经苏东坡治理之后的杭州和西湖，容光焕发，仿佛只等着杭州成为国都了。至于真的做了国都后的故事，我就不想多说了。已有不少文字记载，无非是极度的繁华，极度的丰富，极度的奢侈，又加上极度的文雅。杭州由此被撑出了皇家气韵，西湖随之也极度妩媚。

宋代虽然边患重重，但所达到的文明程度却是中国古代的高峰，文化、科技、商业、民生，都让人叹为观止。这一切，都浓浓稠稠地集中在杭州了，杭州怎能不精彩？

然而，这种精彩也容易给人造成误会，以为这一切都是天造地设。很少有人想到，全部精彩都维系在一条十分脆弱的生态茎脉上，就像一条摇摆于污泥间的荷枝，支撑着田田的荷叶、灿烂的荷花。为了保护这条时时有可能折断的生态茎脉，曾经有多少人赤脚苦斗在污泥塘里。

（节选自《杭州宣言》，题目为编者所拟）

读与思

除了治理西湖，你还知道"老市长"苏东坡为杭州做出了哪些贡献？现在的我们是否还在享受着这些成果？

群文探究

1. 苏东坡与白居易,都是造福杭州的"好市长"。如果让你给这两位"老市长"写一封信,你会跟他们说些什么呢?

2. 杭州除了白公堤,还有苏堤和杨公堤。它们分别是谁修建的?请你查阅资料,了解这些堤坝的历史故事。

第五章　京杭大运河

尽道隋亡为此河，至今千里赖通波。

若无水殿龙舟事，共禹论功不较多。

　　京杭大运河是世界上里程最长、工程最大的古代运河，是中国古代劳动人民创造的一项伟大工程，也是中国文化的象征之一。京杭大运河杭州段的世界遗产点有 11 个。这些历史的遗存连接着运河的文脉，亦是杭州段最亮丽的风景线。

　　让我们走进京杭大运河杭州段，寻觅其深厚悠久的文化底蕴。

扫码立领
★ 名师朗读
★ 美文微课
★ 城市印象
★ 老城记忆

临江仙·半道春红

◎ [明] 聂大年

记得武林门外路,雨余芳草蒙茸。杏花深巷酒旗风。紫骝嘶过处,随意数残红。

有约玉人同载酒,夕阳归路西东。舞衫歌扇绣帘栊。昔游成一梦,试问卖花翁。

读与思

上阕,词人用细腻的笔触将春天的美好景色呈现在读者眼前,让人感受到大自然的神奇与美丽;下阕则表达了词人对往昔的追忆和对人生的感慨。

《临江仙·半道春红》是明代诗人聂大年的代表作之一。诗人描绘武林门外春日景色,并追忆往事,表达了对人生、友情和时间的深沉感慨。他用生动的意象和贴切的比喻,将情感融入景物之中,情景交融,意境深远。

登 舟

◎ [清] 爱新觉罗·弘历

御舟早候运河滨，陆路行余水路循。
一日之间遇李杜，千秋以上接精神。
麦苗夹岸穗将作，柳叶笼荫絮已频。
最是篷窗心惬处，雨晴绿野出耕人。

读与思

这是一首描绘运河景色与旅途心情的诗。简洁的文字中，表达了诗人对自然美景的欣赏、对历史文化的敬仰，以及对人生哲理的探索。他通过与李白、杜甫的对话，以及对篷窗和绿野的描绘，展现了自己深沉而敏锐的内心世界。

名家笔下的老杭州

我将从运河归来

◎班 马[1]

不知那一天是哪一天,等我毕业,再回到那一座永不忘记的小屋。那小屋,住着我永不忘记的父母。那小屋的门前,有一棵缀满知了、星星和故事的大树。那屋后的松岗,是外婆长眠的地方,有一个圆圆的青墓。

等到了那一夜,我定将整夜整夜站在船尾,让"扑、扑、扑"的小火轮,带我回江南。

——那一路上古镇木楼、二十四桥,退去多少渔火、河湾。岸边芦苇孤灯,湖心钓船围网。爸爸,你正在何处,把鳜鱼从水中提起?

——这一条水路走的是隋唐旧道,见的是秦砖汉瓦,隔岸又传来吴音委婉。妈妈,你正在哪一座石桥上,晾着印花蓝布?

夜回江南,江南夜船。

——在那一夜的夜船上,我又将看到,月如银盘,南瓜地里好像走来了逝去的外婆。还将看到,黑影中的卧牛,重新勾起当年牧童生涯的思绪。只是,只是,哪里去寻昔日牵牛的柳树?

是的,那一夜,我将从运河归来。

眼底下静静的江南,哪怕闪出小小一点遥远的灯火,也许都会让我误认,误认作童年时无数次的顽皮夜归,匆匆跑向竹林背后,一间小屋,我家那一块未熄的麦黄的窗口……

注释

①班马，本名班会文。出版作品有长篇小说《六年级大逃亡》《李小乔的幽秘之旅》，长篇童话《绿人》，散文集《星球的细语》，以及《中国儿童文学理论批评与构想》《游戏精神与文化基因》等。

读与思

作者设想自己毕业那一天将从运河归来，想象一路的所见、所思、所感。他用独特的视角将自己对故乡的思念之情细腻地表达出来。

作者设想自己看见的家乡是什么样的？亲人们分别在做什么？请你在文中相关句子下画横线，体会作者表达情感的方法。

读不尽的大运河（节选）

◎裘山山

大运河是一本很厚的书。成千上万的人是这本书的作者，他们用智慧和汗水写了两千五百年。它的读者更是数不胜数，亿万人经年累月地读，也没读完。

我这里说的是京杭大运河。很幸运，我在童年时就遇见了这本书。

我读的第一页是拱宸桥。小时候有一段时间，我就住在杭州拱宸桥旁的姨妈家。桥边傍河处，有个菜市场，早上五点就开市了，那是湿漉漉的一条人"河"。我有时起得早，就跟姨妈去买菜。瞌睡懵懂地走到那儿，瞬间就被青菜和鱼虾的气息唤醒了。去的时候竹篮是空的，我拎；回来的时候装满了东西，姨妈拎。有时候姨妈会给我买个糯米油条解馋，热乎乎、软糯糯的，非常好吃。河面上船很多，清晨时它们停在那里不动，好像还没醒。那时候只知道拱宸桥是故乡的桥，很亲切。

后来，生活又为我翻开了第二页。我们搬迁到石家庄，又住在运河边，河上也有一座桥，就叫运河桥。从江南来到华北平原，我感觉这是另一个世界，但妈妈指着运河说，这条河是和杭州连着的。我很诧异：一条河竟然这么长？我们坐火车来都坐了三天。桥头有一家副食品商店，那时候叫服务社，是我常年打酱油的地方。是真的打酱油，一毛八一斤。桥很宽，桥下却没有船。或许是因为北方水少，河道不深，已经不通航了。但河堤是我们的乐园，我们爬到树上摘槐花，摘榆钱，折下柳枝做口哨。有时候也在树下找蟋蟀，找知了蛹。河堤就是我们的百草园，我就是运河的孩子。

后来我们再次搬迁，终于远离了运河，来到嘉陵江畔。一晃我高中毕业当了兵。探亲回杭州时，听见公交车售票员说"拱宸桥到了"，立即觉得到家了。那桥还在等我，桥下的河也在等我，无声无息的。

杭州是个水系发达的城市，江（钱塘江）河（运河）湖（西湖）海（杭州湾），加上湿地（西溪），样样齐全。这些年，每每回杭州看父母，我总会和朋友们一起去看水——去西湖，去西溪，去钱塘江。但看得最多的，还是运河。我们乘坐运河巴士，从武林门码头上船，到拱宸桥下船。我们也曾徒步从武林门走到拱宸桥。河的两岸已然成了一片片花园，还有许多博物馆。

反反复复地走，我才对运河有了些许了解，算是读了这本书的第三页。

运河上的桥，仿佛是运河之书的插图。运河上到底有多少座

桥,我没去查过。我只知道在杭州段,有卖鱼桥、大关桥、江涨桥等。其中,拱宸桥名气最大。从它的名字来看,"拱"是拱手的意思,"宸"是皇上就寝的地方,以此二字表达对帝王的恭敬。它是一座三孔石桥,很高,尤其中间那一孔,高达16米,宽也有16米。显然是考虑到皇上的船大,矮了窄了都不行。但皇上始终没从桥下经过,而桥更是命运多舛。拱宸桥始建于明末,几经坍塌、重建。中华人民共和国成立后,人民政府禁止机动车从桥上通行,尽全力保护,总算没再坍塌。2005年,拱宸桥进行了一次大修固,如今它已成为大运河的标志性建筑,出镜率很高。

…………

大运河之书,一本读不尽的书。我愿意成为它永远的读者。

读与思

在裘山山的笔下,京杭大运河不仅仅是一条流淌的河流,更是一部波澜壮阔的史诗,一部浸润着千年风霜与人文情怀的巨著。她以细腻的笔触、深情的叙述,将我们带入这部书中,一同领略那无尽的韵味与魅力。开篇,她以一句"大运河是一本很厚的书"轻轻拉开了序幕,仿佛一位优雅的叙述者,为我们缓缓翻开历史的篇章。拱宸桥旁,作者回忆了童年时期与运河的亲密接触;运河桥边,作者感受到了北方运河的宁静与悠远。大运河这部书真的太厚了,她愿意用一生的时间去品读它、感悟它。因为在她的心中,大运河不仅是一条河流、一部历史,更是一种精神、一种信仰。

群文探究

1.2014年,中国大运河在第38届世界遗产大会上获准列入《世界遗产名录》,成为中国第46个世界遗产项目。

京杭大运河杭州段的首批申遗点段共有11个,包含6个遗产点、5段河道。6个遗产点是凤山水城门遗址、富义仓、桥西历史街区、西兴过塘行码头、拱宸桥、广济桥。5段河道为杭州塘段、江南运河杭州段、上塘河段、杭州中河—龙山河、浙东运河主线。

请在地图上找一找、画一画这11个遗产点段。

2."宝庆桥连德胜桥,石灰江涨北新遥。夹城巷口尤繁盛,市镇同夸节物饶。"清末杭州人丁丙的这首诗一口气连写四地——宝庆桥、德胜桥、石灰坝、江涨桥,展现了清末民初杭州集市贸易繁盛的热闹景象。每当夕阳西下,"帆樯卸泊,百货登市",入夜则"篝火烛照,如同白日""熙熙攘攘,人影杂沓",生动地展示了当时运河两岸的富庶与繁华。

今天的运河边是什么样子?请你去实地看一看,拍照记录下来,和爸爸妈妈交流一下。

3.2013年,杭州段"运河十景"新鲜出炉,它们是广济通衢、拱宸邀月、桥西人家、香积梵音、富义留馀、武林问渡、凤山烟雨、三堡会澜、龙山塔影、西陵怀古。

对"运河十景"感兴趣的同学,可以自选一处走一走,欣赏特有的运河风光。或者写篇简短的游记,或者做个图文并茂的打卡分享。

4.大运河上建了许多桥梁,在杭州有广济桥、大关桥、德胜桥、江涨桥、卖鱼桥、拱宸桥等。这些桥各具特色,充满诗情画意。大家可以到杭州采访当地的老人,了解一下这些桥梁的故事和传说,并把它们记录下来。

第六章　钱塘江奇观

八月十八潮，壮观天下无。

钱塘江因流经古钱塘县（今杭州）而得名。钱塘江在小砾山以下东北流折为西北流，经闻家堰又折向东北流，形似反"之"字，故而又称"之江"。钱塘江出海口的特殊地理位置所形成的潮涌奇观，被誉为"世界第一大涌潮"。

扫码立领
★ 名师朗读
★ 美文微课
★ 城市印象
★ 老城记忆

浪淘沙·其七

◎ [唐] 刘禹锡

八月涛声吼地来,头高数丈触山回。
须臾却入海门去,卷起沙堆似雪堆。

读与思

刘禹锡以生动的比喻和形象的描绘，将钱塘江潮的壮丽景象呈现出来。

"八月涛声吼地来"，以"吼"字生动地描绘了潮水汹涌澎湃的声势，使人仿佛亲耳听到那如万马奔腾般的潮声，感受到潮水逼近的强烈气势。

"头高数丈触山回"则是对潮水冲击山崖的壮丽景象的描述。这里用"头高数丈"来形容潮头的巨大，与"触山回"相结合，让人仿佛看到那汹涌澎湃的潮水，猛烈地撞击着山崖，然后又被无情地弹回。这种冲击与反弹的对比，更加突出了潮水的力量和威猛。

"须臾却入海门去"则是潮水退去的情景。在短暂的停歇之后，潮水最终回归大海，宛如一首雄壮的交响曲进入了尾声。尽管潮水退去，但其所留下的沙堆，在阳光下犹如洁白的雪堆，成为潮水曾经来过的见证。

名家笔下的老杭州

和运使舍人观潮·其一

◎［宋］范仲淹

何处潮偏盛？钱塘无与俦。
谁能问天意？独此见涛头。
海浦吞来尽，江城打欲浮。
势雄驱岛屿，声怒战貔貅。
万叠云才起，千寻练不收。
长风方破浪，一气自横秋。
高岸惊先裂，群源怯倒流。
腾凌大鲲化，浩荡六鳌游。
北客观犹惧，吴儿弄弗忧。
子胥忠义者，无覆巨川舟。

读与思

这首诗与刘禹锡的《浪淘沙·其七》同样写的是山崩海啸般的潮水，诗人的表现手法有什么不同？观潮后的心情又有什么不同？

"昔年乘醉举归帆，隐隐前山日半衔。好是满江涵返照，水仙齐着淡红衫。"这是宋朝李觏笔下夕阳西下的钱塘江。如果你对钱塘潮感兴趣的话，可以实地观察一下，亲身感受钱塘江大潮的壮美。

观　潮

◎ [宋] 周　密

　　浙江之潮，天下之伟观也。自既望以至十八日①为最盛。方其远出海门②，仅如银线；既而渐近，则玉城雪岭③际天而来，大声如雷霆，震撼激射，吞天沃日④，势极雄豪。杨诚斋诗云"海涌银为郭，江横玉系腰"者是也。

　　每岁京尹⑤出浙江亭教阅水军，艨艟⑥数百，分列两岸；既而尽奔腾分合五阵之势，并有乘骑弄旗标枪舞刀于水面者，如履平地。倏尔黄烟四起，人物略不相睹，水爆轰震，声如崩山。烟消波静，则一舸无迹⑦，仅有"敌船"为火所焚，随波而逝。

　　吴儿善泅者数百⑧，皆披发文身⑨，手持十幅大彩旗，争先鼓勇，溯迎而上⑩，出没于鲸波万仞⑪中，腾身百变，而旗尾略不沾湿，以此夸能。而豪民贵宦，争赏银彩。

　　江干⑫上下十余里间，珠翠罗绮溢目，车马塞途，饮食百物皆倍穹⑬常时，而僦赁看幕⑭，虽席地不容闲也。

　　禁中例观潮于天开图画，高台下瞰，如在指掌。都民遥瞻黄伞雉扇于九霄之上，真若箫台蓬岛也。

名家笔下的老杭州

注释

①自既望以至十八日：从农历（八月）十六日到十八日。

②方其远出海门：当潮远远地从浙江入海口涌起的时候。

③玉城雪岭：形容泛着白沫的潮水像玉砌的城墙和白雪覆盖的山岭。

④沃日：冲荡太阳。形容波浪大。

⑤京尹：京都临安府（今浙江杭州）的长官。

⑥艨（méng）艟（chōng）：战船。

⑦一舸无迹：一条船的踪影也没有了。

⑧吴儿善泅（qiú）者数百：几百个擅于泅水的吴中健儿。

⑨披发文身：披散着头发，身上画着花纹。

⑩溯迎而上：逆流迎着潮水而上。溯，逆流而上。

⑪鲸波万仞：万仞高的巨浪。鲸波，巨浪。

⑫江干：江岸。

⑬倍穹：（价钱）加倍地高。

⑭而僦（jiù）赁（lìn）看幕：租用看棚的人（非常多）。

读与思

作者以写实的手法，从江中和岸上两个角度，以简练、精彩的笔墨描绘了南宋观潮的生动画卷，给人以尺幅千里的艺术享受。

大家可以从文中找一找南宋有哪些观潮习俗。

第六章　钱塘江奇观

杭州的八月

◎郁达夫

杭州的废历八月，也是一个极热闹的月份。自七月半起，就有桂花栗子上市了，一入八月，栗子更多，而满觉陇南高峰翁家山一带的桂花，更开得香气醉人。八月之名桂月，要亲自到满觉陇去过一次后，才领会得到这名字的相称。

除了这八月里的桂花和八月半的中秋佳节之外，杭州还有一个八月十八的钱塘江的潮汛。

钱塘的秋潮，老早就有名了。传说是吴王夫差杀伍子胥沉之于江，子胥不平，鬼在作怪之故。《论衡》里有一段文字，驳斥这事，说得很有道理："儒书言：'吴王夫差杀伍子胥，煮之于镬，盛于囊，投之于江，子胥恚恨，临水为涛，溺杀人。'夫言吴王杀伍子胥，投之于江，实也；言其恨恚，临水为涛者，虚也。且卫菹子路，而汉烹彭越，子胥勇猛，不过子路彭越，然二子不能发怒于鼎镬之中，子胥亦然，自先入鼎镬，后乃入江，在镬之时其神岂怯而勇于江水哉？何其怒气前后不相副也？"虽然《论衡》的理由充足，但是传说的力量还是很大。至今不单是钱塘江头，就是庐州城内淝河岸边，以及江苏、福建等滨海傍湖之处，仍旧还看得见塑着白马素车的伍大夫庙。

钱塘江的潮，在古代一定比现在还要来得大。这从高僧传唐灵隐寺释宝达，诵咒咒之，江潮方不至激射潮上诸山的一点，以及南宋高宗看潮，只在候潮门外搭高台的一点看来，就可以明白。现在则非要东去海宁，或五堡八堡，才看得见银海潮头一线来了。这事情从阮元的《揅经室集·浙江图考》里，也可以看得到一些理由，而江身沙涨，总之是潮不远上的一个最大原因。

还有五代十国时期，钱镠为筑捍海塘，而命强弩数百射涛头，也只在候潮、通江门外。至今海宁江边一带的铁牛镇铸，显然是师钱王的遗意，后人造作的东西。（我记得铁牛铸成的年份，是在清朝顺治年间，牛身上印在那里的文字，还隐约辨得出来。）

沧桑的变革，实在厉害得很，可是杭州的住民，直到现在，靠这一次秋潮而发点小财、做些买卖的，为数却还不少哩！

读与思

在这篇散文中，郁达夫以桂花为引，延伸出杭州八月的另一个特点是钱塘江的潮汛。郁达夫写钱塘秋潮，并不直接对浪潮进行形容，而是从伍子胥的传说、南宋高宗看潮的高台位置、钱镠射潮的位置等方面侧面突出古时钱塘江潮之大，表达了他对钱塘江潮的赞叹、对自然的敬畏，也表达了他对沧桑变革的深刻思考。

郁达夫引经据典，将古代的传说与现代的景色相结合，使读者在欣赏美景的同时，也能够感受到杭州深厚的历史底蕴和文化内涵。这种跨时空的交融，不仅丰富了文章的内容，还让读者对杭州有了更加全面而深入的了解。

群文探究

1.将自己平时积累的描写钱塘江大潮的诗文写在下面的横线上。再读一读,想象诗文描写的景象。

一千里色中秋月,十万军声半夜潮。

——[唐]李廓《忆钱塘》

浙江悠悠海西绿,惊涛日夜两翻覆。

钱塘郭里看潮人,直至白头看不足。

——[唐]徐凝《观浙江涛》

暴怒中秋势,雄豪半夜声。

堂堂云阵合,屹屹雪山行。

海面雷霆聚,江心瀑布横。

巨防连地震,群楫望风迎。

——[宋]范仲淹《和运使舍人观潮·其二》

……

2. 历代文人墨客写下了许多描述钱塘江大潮的壮丽诗篇。可是，汹涌澎湃的江水也给两岸人民带来危害与不便。

说到为治理钱塘江做出贡献的历史人物，第一个便是钱镠。

钱镠堪称杭州城市的缔造者。他主治吴越国46年，是历史上直接治杭时间最久、功业卓著的统治者。他治杭最突出的功绩之一就是整治钱塘江海塘和疏浚西湖，达到"控江保湖"的目的。

钱镠选择江浪冲击的要害地段——候潮门至通江门外建起"双重海塘"，以阻挡江潮对杭州城的冲击。此项工程为先在堤岸外侧用大木打下木桩六层，每层中间嵌以装有大石块的竹笼，再用灰沙混合土塞紧空隙处筑成外塘，然后在外塘内侧再筑石塘，后人称钱王所筑的这条海塘为"钱氏捍海塘"。此海塘筑成后使杭州不再遭受潮水侵袭，原先的卤湿地区也逐渐变成良田。

请查找一下，还有哪些人为治理钱塘江做出过卓越的贡献？

重要人物	贡献
钱镠	建起"双重海塘"
黄光升	首创鱼鳞石塘镇钱潮
胡雪岩	创办钱江义渡，惠泽两岸百姓
茅以升	建造钱塘江大桥

第七章　梦回杭州老城

山外青山楼外楼，西湖歌舞几时休？

杭州作为一座拥有千年历史的江南老城，至今依然留存了众多充满浓郁杭城味道的老街巷。"窄窄的长长的过道两边，老房子依然升起了炊烟，刚刚下完了小雨的季节，爸妈又一起走过的老街，记不得哪年的哪一天，很漫长又很短暂的岁月……"让我们一起去感受那充满烟火气的老杭州吧！

扫码立领
★ 名师朗读
★ 美文微课
★ 城市印象
★ 老城记忆

名家笔下的老杭州

临安春雨初霁

○ [宋] 陆 游

世味年来薄似纱,谁令骑马客京华?
小楼一夜听春雨,深巷明朝卖杏花。
矮纸①斜行闲作草,晴窗细乳②戏分茶③。
素衣④莫起风尘叹⑤,犹及清明可到家。

注释

①矮纸:短纸,小纸。
②细乳:沏茶时水面呈白色的小泡沫。

③分茶:宋元时煎茶之法。注汤后用筷子搅茶乳,使汤水波纹幻变成种种形状。

④素衣:原指白色的衣服,这里用作代称,是诗人对自己的谦称。

⑤风尘叹:因风尘而叹息。暗指不必担心京城的不良风气会污染自己的品质。

读与思

淳熙十三年(1186),陆游又被起用为权知严州军州事。赴任之前,陆游先到临安(今浙江杭州)去觐见皇帝,住在西湖边上的客栈里听候召见。在百无聊赖中,他写下了这首广为传诵的名作。

在陆游的众多著名诗篇中,有壮怀激烈的爱国忧民之作,如《关山月》《出篱门迎凉有感》;有寄梦抒怀、悲愤凄切之作,如《十一月四日风雨大作》。这些诗不是直抒胸臆、痛切陈词,就是笔墨纵横、抚古思今,都是雄壮的大气磅礴之作。你觉得这首《临安春雨初霁》是怎样的风格?字里行间透露的是诗人怎样的情感呢?

清河坊（节选）

◎俞平伯

我说的"清河坊"，是包括北自羊坝头、南至清河坊这一条长街。中间的段落各有专名，不胜枚举。看官如果曾在杭州住过，看到这儿早已恍然；若没到过杭州，多说也还是不懂。杭州热闹的市街不止一条，为何独取清河坊呢？我因它逼窄得好，竟铺石板不修马路亦好；认它为 typical 杭州街。

我们雅步街头，则听到"喀噔喀噔"的石板怪响。大嚷着"欠来！欠来！"的洋车，或前或后地冲过来了。若不躲闪，就会被车夫推搡一下，而你自然不得不肃然退避了。天晴的时候还算好；落雨的时候，那更会激起石板洼隙的积水溅上你的衣裳，这真糟心！这和被北京的汽车轮子溅了一身泥浆仿佛是一样的。我觉得杭州的车夫毕竟是人，你拦阻他的去路，他至多大喊两声、推你一把，不至于如北京的汽车高轩哀嘶长唤地过去，似将要你的一条穷命。

哪怕它十分喧阗，悠悠然的闲适总归消除不了。我所经历的江南内地，都有这种可爱的空气。这真有点儿古色古香。

清河坊中，小孩子的油酥饺是佩弦以诗作保证的；所以我时常去买来吃。叫她们吃，她们以在路上吃为不雅而不吃；常被我一个人吃完了。油酥饺冰冷的，您想不得味吧。然而我竟常买来吃，且一顿便吃完了。您不以为诧异吗？不知佩弦读至此如何想。他大概会说："这是我一首诗的力啊！"

在这狭长的街上，不知留下我们多少踪迹。可是坚且滑的石板上，我们的肉眼怎能辨别呢？况且，江南的风虽小，雨却豪纵惯了的。暮色苍然下，飒飒的细点儿，渐转成牵丝的"长脚雨"，早把这一天走过的几千人的足迹，不论男的、女的、老的、少的、村的、俏的，洗刷个干净。

> **读与思**
>
> 杭州的老街巷，每一条都有自己的故事。在杭州，许多名人的事迹与老街巷的故事也值得我们细细挖掘品味。比如孩儿巷，不仅是一条诗人（陆游）巷，还是一条将军巷、学者巷、画家巷。那么将军、学者、画家指的又是谁呢？去找一找杭州老街巷的资料，你会了解更多杭州的历史。

拾忆临安城

在中国几千年的历史中，有太多城市曾经担任过都城的角色。但在这些古都中，杭州是一个很特殊的存在。

杭州是一个风景秀丽的地方，非常适合生活、居住，但是不适合修建城池进行防御。杭州山多水多，无法像北方城市一样修一个非常方正的城墙。杭州的古城墙呈长方形，南北长，东西窄。

杭州的历史非常悠久，筑城的历史可追溯到隋朝时期。隋朝大臣杨素平定江南的叛乱后，于开皇九年（589）废郡为州，"杭州"之名第一次出现。并桐庐入钱唐县，下辖钱唐、余杭、富阳、盐官、于潜、武康六县。州治初在余杭，次年迁钱唐。开皇十一年（591），在凤凰山依山筑城，"周三十六里九十步"，这是最早的杭州城。当时杭州只有四座城门：西北面的钱唐门，南面的凤凰门，北面的盐桥门，东面的炭桥新门。

杭州的城市格局，是在北宋州治的基础上改造而来的，呈南北狭长的"腰鼓"模样，形成别具一格的"南宫北市"、襟江带湖的布局。

绍兴八年（1138），宋高宗赵构下诏定都杭州。对于杭州而言，朝廷南迁意味着一个千载难逢的契机。从此，它从美丽的江南小城一跃成为南宋王朝的国都，之后经过近150年的建设，又成为全国乃至世界首屈一指的大都会。

杭州的城门数量在南宋时期达到顶峰。一方面是定都杭州的需要；另外一方面，宋高宗赵构是一路逃难到杭州的，还曾经在海上漂泊，有强烈的不安全感，所以就把皇宫定在凤凰山上。一来，这是当时杭州的制高点，方便控制全城；二来，这里靠近钱塘江，对于已经是惊弓之鸟的赵构来说，一旦金人攻打杭州，他可以随时从钱塘江逃往海上。于是赵构临时使用早些朝代的皇宫遗址修筑，整个皇宫内城只有三个城门：和宁门、东华门和西华门。

但杭州作为南宋实质上的首都，有着很大的吸引力，再加上商贸发达，很快人口倍增，于是南宋朝廷只好把城区往外扩张。经过不断的修建和扩张，杭州外城的城墙形成旱城门十三座、水城门五座的规模。

水门可以说是杭州城墙的独特所在，南宋之所以要修建水门，主要原因还是杭州水系发达，既要满足关防的需要，也要为城内生活用水、水利灌溉和舟船交通提供便利。

每个城市不同的发展规律，决定了每个城市有不同的城市样貌。

从杭州察院前巷路口往南，一直到严官巷南宋遗址陈列馆，有一段灰色的墙体，被设计成宋代屏风。这种造型在宋代建筑古籍《营造法式》中称为"格子门"。

这道墙，隔开了南北向的中山南路与中河高架，也隔开了这个城市的"双面人生"——墙外是高架上的车水马龙，墙内是烟火嘈杂的坊巷生活。在这条中山路的地底下，深藏着南宋临安城里最大、最繁华的街，它就是贯穿杭城南北的御街，又叫"天街"。

中山路曾是杭州市区里最主要的道路，仅从鼓楼到官巷口这段路上，就留下了胡庆余堂、九芝斋、奎元馆等十余家名店老店。以中山南路为轴，向西又依次分出十五奎巷、城隍牌楼巷、察院前巷、太庙巷、严官巷、高士坊巷及白马庙巷等。这些交错纵横的小巷子被称为御街二十三坊,是杭州城里最有市井味道的街巷代表。这里,才是杭州老底子生活的真实标本。

有关南宋御街的文献记载很少,我们无从探究它到底是何时开始修建的。但从这些坊巷的名字中可以依稀窥其一二:察院前巷,宋时左右丞相府在此;大马弄,元代始称大马弄,因南宋马军司设此,故名;城隍牌楼巷,宋时称吴山庙巷,明时称城隍庙街,民国时改今名;白马庙巷,其地宋时有白马庙,巷以庙得名……

作为杭州历史积淀的代表与见证,曾经的南宋临安城遗址被摩登的现代都市所覆盖,并以地下遗址的形式保存着。但那些沿用了几百年、散发着宋人智慧光芒的街桥巷名,却又在时时刻刻告诉我们,御街从未远去,它在你我脚下,更在你我平淡琐碎且美好幸福的生活之中。

读与思

杭州老城区有一条南宋御街。南宋御街横跨都城临安,是控制全城的主轴线,也是每年皇帝到景灵宫祭祀时的专用之路。如果让你给游客安排"南宋御街一日游",你会推荐哪些景点呢?

杭州十大古城门民谣

武林门外鱼担儿，艮山门外丝篮儿，
凤山门外跑马儿，清泰门外盐担儿，
望江门外菜担儿，候潮门外酒坛儿，
清波门外柴担儿，涌金门外划船儿，
钱塘门外香篮儿，庆春门外粪担儿。

一、武林门外鱼担儿

武林门是杭州老城区最古老的北大门，始建于隋朝，有1400多年的历史。

由于武林门地靠京杭大运河，一直是商贾云集之地，加上行人游玩至此，形成了熙熙攘攘的夜市，也称为北关夜市。在古代，如果要和苏南以及浙北联系，通过京杭大运河是最经济的方法，而进入京杭大运河则必须出武林门。得益于其优越的地理位置，武林门历来都是重要的军事关口。武林门也是杭嘉湖淡水鱼的聚集地，"武林门外鱼担儿"的说法也由此而来，著名的卖鱼桥也因此而得名。

二、艮山门外丝篮儿

艮山门是杭州古代的东北门,吴越时期已经修建好了,当时叫保德门。到了南宋时期,移门址于菜市河以西,改名艮山门。宋元时期,杭州的丝织行业非常发达,艮山门一带也是"杭纺"主要产地,这里个体丝织户与机纺作坊遍布,机杼之声,比户相闻,因此就有"艮山门外丝篮儿"的说法。

三、凤山门外跑马儿

"凤山门外跑马儿"的原因有两个。一是在南宋时期,由于凤凰山附近风景优美,所以很多人都从凤山门外出踏青,当然很多人是骑马前往,跑马儿由此开始。二是到了清朝时期,在此地

建"大马厂",为战马的蓄养地和训练场;到了民国时期,兵营犹在,只是此时的马匹已非驰骋沙场的战马,是对外出租的。很多人会跟南宋时期的人一样,租上一匹马去游山玩水,成为杭州人跑马儿的记忆。

四、清泰门外盐担儿

因清泰门外水网交错,河中多产螺蛳,故清泰门俗称螺蛳门。而"清泰门外盐担儿"的说法,可以从明朝《三刻拍案惊奇》中窥得一二。该书曾说到清泰门"煎沙成盐",盐担儿在清泰门外煎好盐,凭"盐引"批发,每次一百斤,并规定去往余杭的盐不能通过清泰门进入,只能在城门外沿着城墙走到武林门,才有了"清泰门外盐担儿"一说。

五、望江门外菜担儿

望江门是最容易理解的城门的名字,顾名思义就是在这个城门上可以看到钱塘江。望江门始建于南宋绍兴二十八年(1158),名叫新门。因为它的东面有茅山河草桥,又名草桥门。在古代,望江门靠近钱塘江,因此这里的乡民以种菜为业,并通过望江门挑到市区去卖,因此就有了"望江门外菜担儿"的说法。

六、候潮门外酒坛儿

杭州十大古城门中，候潮门不是历史最悠久的，却是最富有传奇色彩的。据说候潮门是吴越钱镠修建的，跟钱王射潮有关。

钱塘江的潮水很大，总是冲毁钱塘江两岸的堤坝，传说有潮神在作怪。钱镠知道后很生气，率领士兵射潮，万箭齐发，射退了潮水。这时军民运来巨石，盛在竹笼（也称"竹车"）中，沉落江底。再打木桩捍卫，城墙的基础就这么巩固了下来，城门建起，称"竹车门"。

南宋绍兴二十八年（1158）在竹车门旧基重建城门。因城门濒临钱塘江，每日两次可以候潮，故名候潮门。

南宋以来，杭州城内的绍兴老酒都由候潮门入城，因此有"候潮门外酒坛儿"之说。

七、清波门外柴担儿

在吴越时期，清波门是水门，也被称为暗门。到了南宋时期，朝廷增筑城门，清波门成为西城门之一。因为城门门楼濒西湖之东南，取"清波"作为城门名字，为历代沿用。

清波门通南山，古时候市民需用柴炭多从此门运入，故有"清波门外柴担儿"之民谣。

八、涌金门外划船儿

杭城十大城门，九座城门都有瓮城，只有涌金门没有。这跟涌金门靠近西湖，可攻可守有关。五代时期钱镠引西湖水入城，

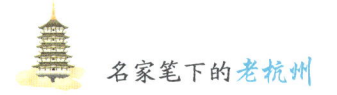

在此开筑涌金池，筑涌金门。在古代，涌金门就有游船码头，西湖游船多在此聚散，因而有"涌金门外划船儿"的说法。

九、钱塘门外香篮儿

钱塘门是杭州最古老的城门之一。自宋以来，钱塘门外多佛寺、楼台。古时往灵隐进香之人，必由钱塘门出入，所以这里有杭州城最大的香市。钱塘门外的香市闻名江南，因此才有了"钱塘门外香篮儿"的说法。

十、庆春门外粪担儿

庆春门因为临近太平桥，因此也叫太平门。据《杭俗遗风》记载，立春的前一天，杭州知府以及仁和、钱塘的知县，执全副仪仗，前往庆春门外迎请"勾芒之神"（丰收之神）。各种祭祀活动及民俗结束以后，一年的农事就开始了。庆春门的名字也就由此而来。

庆春门外为郊区农民的菜地，菜农运菜进城，担粪出城，均由此门出入。跟望江门不同，这里的主要功能是担粪出城，故有"庆春门外粪担儿"之说。

> **读与思**
>
> 杭州十大古城门，在历史上有很多故事。请你搜集相关资料，给小伙伴讲讲杭州十大古城门的故事。

群文探究

1. 推演杭城变迁史。

大约距今5300年—4300年,良渚先民创造了辉煌的良渚文化,建成了规模宏大的良渚古城。尽管良渚与杭州城区相距30多公里,但仍有专家认为良渚古城是杭州城市发展的起源。在良渚文明孕育、发展、消失的这一千年间以及以后的漫长岁月里,现在杭州主城区的位置又发生了哪些重大变迁呢?搜集、了解有关杭州地形地貌的文献、考古研究等资料,试着来推演一番。

2. 推荐杭州老胡同。

杭州哪些老街小巷值得一走?请同学们搜集资料,实地走访,拍下美照,为心目中最值得推荐的老胡同设计一张海报吧!

第八章　临安怀古

江山也要伟人扶，神化丹青即画图。

赖有岳于双少保，人间才觉重西湖。

　　西湖，那一汪碧波荡漾，藏着千年的故事和诗意。历史与自然交织，英雄、隐士和文人的情感与西湖的风月融为一体。岳飞的精忠、文天祥的正气、于谦的骨气、秋瑾的侠义、龚自珍的奉献，这些品质和情怀，如西湖的水一般深沉而澄澈。让我们一起走进这片充满文学魅力的土地，感受历史的厚重，品味文学的深度。让西湖的柔美与历史的深沉，洗涤我们的心灵，启迪我们的智慧。

扫码立领
★ 名师朗读
★ 美文微课
★ 城市印象
★ 老城记忆

名家笔下的老杭州

题临安①邸②

◎ [宋]林 升

山外青山楼外楼,西湖③歌舞几时休④?
暖风熏⑤得游人醉,直⑥把杭州作汴州⑦。

注释

①临安:南宋的都城,今浙江省杭州市。金人攻陷北宋首都汴京后,南宋统治者逃亡到南方,建都于临安。
②邸:旅店。
③西湖:在浙江杭州城西。汉代时称明圣湖,唐代后始称西湖,为著名游览胜地。
④几时休:什么时候停止。
⑤熏:吹。
⑥直:简直。
⑦汴州:即汴京,北宋的都城,今河南省开封市。

读与思

诗人以细腻的笔触,勾勒出一幅南宋时期醉人的临安城画卷。诗人以"山外青山楼外楼"的壮阔景象,暗示着南宋朝廷的无尽享乐。然而这种醉生梦死的生活背后,却是对故都汴州的遗忘。"直把杭州作汴州",是林升对南宋朝廷苟且偷安的指责。

十八相送

齐　唱：三载同窗情如海，山伯难舍祝英台。相依相伴送下山，又向钱塘道上来。

祝英台：书房门前一枝梅，树上鸟儿对打对。喜鹊满树喳喳叫，向你梁兄报喜来。

梁山伯：弟兄二人出门来，门前喜鹊成双对。从来喜鹊报喜讯，恭喜贤弟一路平安把家回。

祝英台：出了城，过了关，但只见山上的樵夫把柴担。

梁山伯：起早落夜多辛苦，打柴度日也艰难。

祝英台：梁兄啊！他为何人把柴担？你为哪个送下山？

梁山伯：他为妻儿把柴担，我为你贤弟送下山。

祝英台：过了一山又一山，

梁山伯：前面到了凤凰山。

祝英台：凤凰山上百花开，

梁山伯：缺少芍药共牡丹。

祝英台：梁兄你若是爱牡丹，与我一同把家还。我家有枝好牡丹，梁兄你要摘也不难。

梁山伯：你家牡丹虽然好，可惜是路远迢迢怎来攀？

祝英台：青青荷叶清水塘，鸳鸯成对又成双。梁兄啊！英台若是女红妆，梁兄你愿不愿配鸳鸯？

梁山伯：配鸳鸯，配鸳鸯，可惜英台你不是女红妆。

银　　心：前面到了一条河，

四　　九：漂来一对大白鹅。

祝英台：雄的就在前面走，雌的后面叫哥哥。

梁山伯：不见二鹅来开口，哪有雌鹅叫雄鹅？

祝英台：你不见雌鹅她对你微微笑，她笑你梁兄真像呆头鹅。

梁山伯：既然我是呆头鹅，从今你莫叫我梁哥哥。

四　　九：眼前一条独木桥，

祝英台：我心又慌胆又小。

梁山伯：愚兄扶你过桥去，

祝英台：你与我好比牛郎织女渡鹊桥。

伴　　唱：过了河滩又一庄，庄内黄犬叫汪汪。

祝英台：不咬前面男子汉，偏咬后面女红妆。

梁山伯：贤弟说话太荒唐，此地哪有女红妆？放大胆子莫惊慌，愚兄打犬你过庄。

《梁山伯与祝英台》
杭州市行知第二小学三（1）班　张馨艺/绘

祝英台：眼前还有一口井，不知道井水有多深？

梁山伯：井水深浅不关紧，你我赶路最要紧。

祝英台：你看这井底两个影，一男一女笑盈盈。

梁山伯：愚兄明明是男子汉，你为何将我比女人？

梁山伯：离了井，又一堂，前面到了观音堂。观音堂，观音堂，送子观音坐上方。

祝英台：观音大士来做媒，我与你梁兄来拜堂。

梁山伯：贤弟越说越荒唐，两个男子怎拜堂？

伴　唱：离了古庙往前走，

银　心：但见过来一头牛。

四　九：牧童骑在牛背上，

银　心：唱起山歌解忧愁。

祝英台：只可惜对牛弹琴牛不懂，可叹你梁兄笨如牛。

梁山伯：非是愚兄动了火，谁叫你比来比去比着我！

祝英台：请梁兄你莫动火，小弟赔罪来认错。

祝英台：多承你梁兄情义深，登山涉水送我行。常言道"送君千里终须别"，请梁兄就此留步转回程。

梁山伯：与贤弟草桥结拜情谊深，让愚兄再送你到长亭。

伴　唱：十八里相送到长亭，十八里相送到长亭。

祝英台：你我鸿雁两分开，

梁山伯：问贤弟你还有何事来交代？

祝英台：我临别想问你一句话，问梁兄你家中可有妻房配？

梁山伯：你早知愚兄未婚配，今日相问为何来？

祝英台：要是你梁兄亲未定，小弟替你来做大媒。

梁山伯：贤弟替我来做媒，但未知千金是哪一位？

名家笔下的老杭州

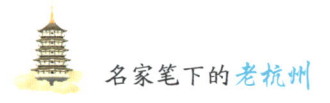

祝英台：就是我家小九妹，不知你梁兄可喜爱？
梁山伯：九妹今年有几岁？
祝英台：她与我同年，我俩乃是双胞胎。
梁山伯：九妹与你可相像？
祝英台：她品貌就像我英台。
梁山伯：但未知仁伯肯不肯，
祝英台：家父嘱我选英才。
梁山伯：如此多谢贤弟来玉成，
祝英台：梁兄你花轿早来抬。我约你七巧之期我家来。
伴　　唱：临别依依难分开。心中想说千句话，万望你梁兄早点来。

(选自越剧《梁山伯与祝英台》)

读与思

《梁山伯与祝英台》是中国四大民间故事之一，也是在世界上产生重大影响的中国民间传说。梁祝故事在中国家喻户晓，表现了古代人民对自由美好生活的向往，对婚姻自由的追求。

第八章 临安怀古

杭州宣言（节选）

◎余秋雨

真正把杭州当作永恒的家，以天然大当家的身份把这座城市系统整治了的，是十世纪的吴越王钱镠。这是一个应该记住的名字，因为他是中国历史上少有的杰出的城市建筑者。他名字中的这个"镠"字，很多人会念错，那就有点对不起他了。镠，读音和意义都与"鎏"相同，意思是一种成色很好的金子。

这块"金子"并不是一开始就供奉在深宫锦盒里的。他长期生活在社会底层，贩过私盐，喜好拳射，略懂卜问，在唐朝后期担任过地方军职，逐渐发展成一股割据势力。唐朝覆灭后中国进入五代十国时期，钱镠创立吴越国，为"十国"之一。这是一个东南小国，北及苏州，南及福州，领土以现在的浙江省为主，中心就是杭州。

钱镠治国，从治水开始。他首先以最大的力量

《钱王射潮》
杭州市行知第二小学三（1）班 吉芮秋/绘

来修筑杭州外围的海堤。原先的石板海堤早已挡不住汹涌海潮，他便下令编造很长的竹笼装填巨石，横以为塘，又以九重巨木为柱，打下六层木桩，以此为基础再筑"捍海塘"，效果很好。此外又在钱塘江沿口筑闸，防止海水倒灌。这样一来，杭州最大的生态威胁被降伏了，人们称他"海龙王"。

海管住了，再对湖动手。他早就发现，西湖遇到的最大的麻烦就是葑草壅塞、藻荇蔓延，此刻便以一个军事指挥官的风格设置了大批"撩湖兵"，又称"撩浅军""撩清卒"。几种称呼都离不开一个"撩"字，因为他们的任务就是撩，撩除葑草藻荇，顺便清理淤泥。这些人员都是军事编制，可见钱镠把这件事情完全是当作一场大仗在打了，一场捍卫西湖的大仗。

除了西湖，苏州边上的太湖当时大部分也属于吴越国。太湖大，因此他又向太湖派出了七千多个"撩湖兵"。太湖直到今天还在蔓延的同类生态灾难，钱镠在一千多年前就采取了强有力的措施整治。除了太湖，他还疏浚了南湖和鉴湖。

总之，他与水"摽"上了，成了海水、湖水、江水的"冤家"，最终又成了它们的"亲家"。

治水是为了建城。钱镠对杭州的建设贡献巨大。筑子城、腰鼓城，对城内的街道、房屋、河渠进行了整体规划和修建，又开发了周围的山，尤其是开通慈云岭，在钱塘江和西湖之间打开了一条通道。此外还建塔修寺，又对城内和湖边的各种建筑提出了美化要求。

作为一个政治人物，钱镠还非常注意属地的安全，避开各种有可能陷入的政治灾难，以"保境安民"为宗旨。他本有一股顽泼的傲气，但是为了百姓和城市，他不希望与强权开战，因此一直故意看小自己、看大别人，恭敬做事，一路秉承着"以小事大"的方针，并把这个方针作为遗嘱。到了他的孙子钱俶，北方的宋朝已气势如虹，行将统一中原，钱俶也就同意把吴越国纳入宋朝版图。这种方略，既体现了一个小国的智慧，又保全了一个大国的完整。而且，也正因为这样，安静、富足、美丽的杭州也就有了被选定为南宋国都的可能，成为当时中国的首席大城市，成为当时世界上屈指可数的文明汇集地。

钱镠这个人的存在，让我们对中国传统的历史观念产生了一些疑问。他，不是抗敌名将、华夏英烈，不是乱世枭雄、盛世栋梁，不是文坛泰斗、学界贤哲，因此很难成为历史的焦点、百世的楷模。他所关注的，是民众的福祉、一方的平安、海潮的涨落、湖水的清浊。为此，他甚至不惜放低政治上的名号、军事上的意气。

当中国历史主要着眼于朝廷荣显的时候，他没有什么地位；而当中国历史终于把着眼点更多地转向民生和环境的时候，他的形象就会一下子凸显出来。因此，前些年我听说杭州市郑重地为他修建了一座钱王祠，就觉得十分欣慰，因为这也是历史良知的一项修复工程。

读与思

"当中国历史主要着眼于朝廷荣显的时候，他没有什么地位；而当中国历史终于把着眼点更多地转向民生和环境的时候，他的形象就会一下子凸显出来。"看了余秋雨先生写的文章，你对这位不太熟悉的吴越王钱镠有了哪些认识？你觉得他是杭州优秀的"当家人"吗？

名家笔下的老杭州

孤山为什么不孤（节选）

◎王旭烽

许多许多年前，在西湖还不是西湖，还是大海的一部分时，孤山就是海上的一个小岛。后来西湖成了一个潟湖，它依然是一个小岛。等到西湖成了西湖，西湖有了白沙堤和西泠桥，孤山接通了北山和东岸，它就仿佛成了一个半岛了。

孤山不高，只有三十八米，杭州诸多山峰，孤山是我去得最勤之处。有种种原因，其中一条，就是不费吹灰之力就可攀登其上。常去孤山，还因为孤山最能体现西湖自然景观和人文景观水乳交融的情景。《御鉴孤山志》说："钱塘之胜在西湖，西湖之奇在孤山。"孤山之奇，又奇在何处呢？想来想去，那么小一块地方，每一寸踏上去，都是金灿灿的文化。无怪乎说到孤山，人称黄金湖岸的黄金三角洲。

孤山的开发，大约应该和李泌与白居易守杭差不多的时间吧。中国的名山被发现往往要通过佛教，孤山也不例外。南北朝时这座小山就开始兴建寺庙，从山脚一直建到山顶，一时楼阁参差，气势磅礴，其中孤山寺又格外辉煌。如果你在湖上于朝晖升起或夕阳西下时眺望山寺，那时孤山确实就像中国神话里的蓬莱仙宫一样，在阳光下金光闪闪，说不出的神秘与不可解读。

幸而有伟大的诗人为我们留下了丰富的想象空间。白居易的诗里这样写道：

烟波澹荡摇空碧，楼殿参差倚夕阳。

到岸请君回首望，蓬莱宫在海中央。

宋代时孤山应该依然是一座处士山林般的所在，否则林和靖不可能在这里梅妻鹤子。他在这里做他的千古大隐士，孤山从此有了一片梅园。湖上盘旋着他养的双鹤，可见那时山中确实还很少有游客闲人。但林和靖的城里客人来往得并不少，可见孤山离城里不远，交通还是方便的。

在孤山漫步，只要有心，随时可遇大师、才子、处士、美女、高僧、英雄的精魂。孤山有许多人文足迹是需要单独成篇的。林和靖名气最大，是最有代表性的一个。也有一些人，虽然名气不大，但是与他们的名字联系在一起的一景一物，若细细道来，也足以使人们唏嘘不已。这里随便点出几个。比如孤山有智果寺，宋时有僧参寥子，与苏轼交好。苏轼在黄州做官时，有一日在梦中与参寥子相见吟诗，结果得"寒食清明都过了，石泉槐火一时新"之句。谁知多年之后，苏轼到杭州来当知州了，果然与好友参寥子实现了梦中的场景，在寺旁汲泉品茗，此泉遂名"参寥泉"。苏轼还书写了"参寥泉"三字，作铭刻石说："石泉槐火，九年而信。"

说起来，这参寥子还因与苏轼的关系受牵连，被朝廷流放出杭州，十多年以后才得以平反。古人对友谊的认识，常常可用生死之谊、刎颈之交来形容。苏、参二人的交情，可谓"管中窥豹，可见一斑"。

没到过杭州的人，也可以在孤山留下自己的印记。这里我又得说到苏轼了。苏轼与欧阳修是一对大文人，政治上的志同道合者，也是一对好朋友。苏轼被谪到杭州来，欧阳修特意写信给杭州的僧友、住在孤山广化寺内的惠勤和尚，让他们也成了好朋友。后来欧阳修去世，苏轼也离开了杭州。谁知多年以后，苏轼又回到杭州，再到孤山访旧友，惠勤已病殁多时了。迎候太守的乃是惠勤的弟子二仲，以及弟子所绘的惠勤与欧阳修的画像。

就在这时，仿佛天地被人间的友谊感动了似的，地下突然冒出了泉水，苏轼因此开了一个方池，因欧阳修号"六一居士"，这泉也就叫"六一泉"了。我小时候每每经过俞楼，就会看到俞楼后面一处不起眼的泉洼，竟然不知这是文化积淀如此深厚的一眼泉水。此泉屡开屡废，如今又被整修一新了。

孤山南麓的俞楼蕴藏着大师的气息。俞曲园四十七岁那年到杭州，任西湖诂经精舍山长，先后共三十一年，那诂经精舍就在孤山南麓。他门下出的一批弟子前后有三千余人，章太炎跟他学了七年。而这座俞楼，就是他的弟子们为他所建的。

俞曲园七十八岁才辞去山长之职，八十六岁去世之后，就葬在俞楼望出去的西湖湖南、三台山从前的法相寺旁。俞曲园的经学、史学、诸子学、文字学以及音韵、训诂、诗文等学问，属于那个时代的知识高峰，它们凝聚在孤山，凝聚成一座楼。从前俞楼还有居民住着的时候，我每经过此楼，都要冒昧地上去一次。明知早已物是人非，还是要走一走。实际上这俞楼也不是那一百年前的俞楼了，是俞曲园的外孙在民国初年再建造的，但走在那狭小的发出咯吱咯吱声的木楼梯上，依然能感受到大师的气息。

是的，一座城市，一片湖光山色，总要有人来显示深度。

孤山当然还可以说出许多文化与文化人来。比如浙派古琴与孤山的照胆台；比如文澜阁与《四库全书》，这就要请出丁丙、丁申兄弟；比如西湖博览会与孤山的关系，以及今天的浙江省博物馆；比如辛亥革命义士与秋瑾墓；比如吴昌硕与西泠印社；等等。我个人以为，凡到杭州来的游人，首先到的应该是孤山。花一到两天时间，把孤山初品之后，再散向湖上各处。都说纲举目张，孤山，就是西湖的纲啊。

> **读与思**
>
> 凡到杭州来的游人，首先到的应是孤山，因为孤山是西湖的纲。你从文中发现了哪些文人、隐士、英雄的信息？找时间到孤山实地探访，或凭吊，或找寻那些历史遗迹，你会有更深刻的收获。

西泠印社：咫尺金石江山无限（节选）

◎王旭烽

浅浅地欣赏西泠印社是很方便的，你只管沿着白堤走过去便是。过了平湖秋月，再过中山公园，再过楼外楼——这红尘中衣食住行最要紧的"食"处——与它紧邻的，便是那精神食粮所在地西泠印社了。印社既占楼阁，曲径通幽，春有芳草，秋有芝兰，能不良辰美景奈何天？一饱眼福，此行足矣。

西泠印社，却还有另一种意义的游览，那真的要先好好读几本书，下一番功夫的。

印学是一门熔书法和镌刻于一炉的艺术。两千年前的战国，国人始用印章，质地很考究，用金银，用玉，还用犀角和象牙，当然最多的还是用铜。文人画流行的明清时代，印学史上的又一个辉煌时代到来了，出现了以文彭为代表的吴门派，以何震为代表的皖派和以丁敬为代表的浙派。浙派形成在清乾隆年间，以丁敬（1695—1765）为首。

丁敬喜欢篆刻，常背着干粮到西湖山中去看石刻书法。他治印，善用细碎短刀，把刀棱显露出来，笔画便有意韵；印面呢，又有一种斑驳和冶铸的金石气。当时印人刻边款时，大多用双刀。丁敬推陈出新，一刀而就，称单刀。这样，他那种朴质苍深的风格，一洗纤弱矫揉之流习，开创了印学的"浙派"先路。

丁敬稍后还有一个杭州人黄易（1744—1801），以丁敬为师，时人并称"丁黄"。再加上另外几个杭州印人蒋仁、奚冈、陈豫钟、陈鸿寿、赵之琛、钱松，一并称为"西泠八家"。这八个人并不是一个时代的，前前后后大约相差有二百年呢，但他们的共同特点是在艺术趣味上都力追秦汉，讲究刀法，善用切刀，人们就把他们称为"浙派"。

浙派形成后，在中国印坛称雄一百多年，是中国金石篆刻艺术的一个高峰。

浙派影响既大，印人便多聚西子湖畔，这也叫"物以类聚，人以群分"吧。光绪年间，杭州有几个金石家丁仁、王褆、叶为铭、吴隐等，常到孤山的数峰阁来探讨印学。时间长了，就想成立团体。1904年商定了成立印社。这个社前前后后筹备了十年，直到1913年暮春，恰逢王羲之兰亭修禊雅集第二十六个癸丑年，这才正式召开成立大会，社址即在西泠桥畔，人以印集，社以地名，便叫"西泠印社"了。首任社长，公推著名金石书画家吴昌硕。

吴昌硕说他自己是"三十学诗五十学画",以为自己书法比画好,金石比书法好,所下功夫最深。他上溯古人又触类旁通,况他摹写石鼓文有基础,故穷极而变,别开天地,印面古朴苍劲,气魄雄伟,为印学界开清刚高浑一路。其为印社首任社长,当之无愧矣。

印社以"保存金石研究印学"为宗旨,清明、重阳各聚会一次,十年一庆典,时至今日,一百年了。

知晓了这一番来龙去脉,再游印社,处处有典,方才游出品位,游出金石意韵来。

四照阁在山顶平地的西南,三面皆轩,一面为门。在此览山,绣屏锦障;在此瞰水,翡翠世界,青天碧洗,绿水明镜。登斯阁也,廓尔忘言。"面面有情,环水抱山山抱水;心心相印,因人传地地传人。"不由使人想到那仰贤亭前的长联:

诵印人传记,如龙泓之雄浑,鹤阳之渊懿,完白之清奇,自子行铁笔后各具丰裁,固不囿两浙专家,集同好讨论一堂,洵能绍秦汉先型,斯冰遗法;

考西湖志乘,若君复作水亭,嗣杲作书楼,东坡作石室,与乐天竹阁侧别开幽胜,更卜筑数椽精舍,继往哲重联八社,允足助林泉逸兴,唐宋流风。

2003年是西泠印社成立一百周年的大庆日子。几年前,西泠印社在孤山西泠桥下、秋瑾墓后,在从前被称为杜庄的别墅基础上,修整完善,连通西泠印社社址,建立了中国印学博物馆。算是对印社建社一百周年大庆的前期预祝。我多次去那里参观。那建立在汉文字基础上的精深的国粹,浓缩在方寸之间,我想进入其中,哪有这么容易。

第八章　临安怀古

出后门沿石阶而上，左视右顾，都与金石有关。不一会儿就到山顶，站在西泠印社的园林前，饱览西湖秀色，仿佛看一幅中国山水画长卷。突然，生出了这样的比喻：西泠印社，不正是西湖这幅锦绣图画上的一枚最精美无比的印章吗？没有这枚印章，西湖，就是一幅未完成的图画啊。

读与思

西泠印社与其他人文景观不同——人们不知道应该称它为一个文化团体，还是一处园林名胜。它的核心——印人（篆刻家），自然是中国传统文化中精粹部分的继承者，然而它面向的却是广大普通人。艺术面前人人平等，你只管来此一游。这西湖孤山南麓的艺术园林，将给你提供与其他任何地方都不同的精神享受。

群文探究

西湖人杰地灵，留下许多文人佳事。两者一碰撞，镌刻在西湖边亭台楼阁中的一些对联（楹联），自然而然地诉说着曾经的文人佳事……

吴昌硕题·西泠印社题襟馆	印岂无原，读书做风雨晦明，数布衣渐开浙派； 社何敢长，识字仅鼎彝瓴甓，一耕夫来自田间。
林启墓	树人百年，树木十年，树谷一年，两浙无两； 处士千古，少尉千古，太守千古，孤山不孤。
陈毅题·盖叫天故居	燕北真好汉； 江南活武松。

品读对联（楹联），文人的智慧、历史的沧桑扑面而来。顺着西湖人文之旅的足迹，搜寻相关的对联（楹联），细细品赏。

第九章　　杭州老味道

乌菱白芡不论钱，乱系青菰裹绿盘。

杭州除了有"淡妆浓抹总相宜"的西湖，有"怒声汹汹势悠悠"的钱塘江，有代表杭州悠久历史的萧山跨湖桥遗址和余杭良渚文化，还有源远流长的美食文化。西湖醋鱼、东坡肉、龙井虾仁、叫花鸡……这些美食不仅是味觉的享受，更是对文化和历史的传承。让我们一起品尝杭州老味道，充分了解杭州这座老城市。

扫码立领
★ 名师朗读
★ 美文微课
★ 城市印象
★ 老城记忆

坐龙井上烹茶偶成

◎ [清] 爱新觉罗·弘历

龙井新茶龙井泉，一家风味称烹煎。
寸芽生自烂石上，时节焙成谷雨前。
何必凤团夸御茗，聊因雀舌润心莲。
呼之欲出辨才在，笑我依然文字禅。

读与思

相传乾隆在品饮龙井狮子峰胡公庙前的龙井茶后，对其香醇的滋味赞不绝口，于是就封庙前十八棵茶树为"御茶"。现在，龙井十八棵御茶已经成为著名的旅游景点。

第九章　杭州老味道

东坡肉

苏东坡在杭州做通判时，疏浚了西湖，替老百姓做了一件大好事。西湖疏浚后，四周的田地就不怕涝也不愁旱了。这一年又风调雨顺，杭州的庄稼获得了大丰收。老百姓感念苏东坡疏浚西湖的功绩，到过年时，大家都抬猪担酒来给他拜年。苏东坡无论如何推辞不掉，只好收下许多猪肉。他叫人把肉都切成方块，焖得红酥酥的，然后按照疏浚西湖的民工名册，将肉分送给大家。

太平的年头，家家户户过得好快活！老百姓见苏东坡差人送肉来，更高兴了。老的笑，小的跳，人人都夸苏东坡是个贤明的父母官，把他送来的猪肉亲热地称呼为"东坡肉"。那时，杭州有家大菜馆，菜馆老板见人们都夸"东坡肉"，就和厨师商量，把猪肉也照样切成方块，焖得红酥酥的。然后挂出牌子，上面写着"东坡肉"三个字。这道新菜一出，那家菜馆的生意马上兴隆起来。别的菜馆老板看得眼红，也都学着做起来。一时间，不论大小菜馆，家家都有"东坡肉"了。后来，大家就把"东坡肉"定为杭州的一道名菜。

读与思

这么动人的故事，让肥而不腻、香醇可口的东坡肉更添诱人的魅力。除了东坡肉，你还知道杭州有哪些跟这位"老市长"有关的美食？

醋熘鱼

◎梁实秋

清朝梁晋竹《两般秋雨庵随笔》：

西湖醋熘鱼，相传是宋五嫂遗制，近则工料简洁，直不见其佳处。然名留刀匕，四远皆知。番禺方橡枰孝廉恒泰《西湖词》云：

小泊湖边五柳居，当筵举网得鲜鱼。

味酸最爱银刀鲙，河鲤河鲂总不如。

梁晋竹是清朝道光时人，距今不到二百年，他已感叹当时的西湖醋熘鱼之徒有虚名。宋五嫂的手艺，吾固不得而知，但是七十年前侍先君游杭，在楼外楼尝到的醋熘鱼，仍惊叹其鲜美，嗣后每过西湖辄登楼一膏馋吻。楼在湖边，凭窗可见巨篓系小舟，

篓中畜鱼待烹，固不必举网得鱼。普通选用青鱼，即草鱼，鱼长不过尺，重不逾半斤，宰割收拾过后沃以沸汤，熟即起锅，勾芡调汁，浇在鱼上，即可上桌。

醋熘鱼当然是汁里加醋，但不宜加多，可以加少许酱油，亦不能多加。汁不要多，也不要浓，更不要油，要清清淡淡，微微透明。上面可以略撒姜末，不可加葱丝，更不可加糖。如此方能保持现杀活鱼之原味。

现时一般餐厅，多标榜西湖醋熘鱼，与原来风味相去甚远。往往是浓汁满溢，大量加糖，无复清淡之致。

> **读与思**
>
> 楼外楼是杭州著名的百年老字号，其特色美食有西湖醋鱼、东坡肉、龙井虾仁等。除了楼外楼之外，你还知道杭州哪些美食老字号？

群文探究

杭州有许多美食老字号，历史悠久，至今依然在杭州人民的生活中扮演着重要角色，比如知味观的汤包、奎元馆的面、楼外楼的醋鱼等等。不管你是来杭州旅游，还是在杭州生活，吃过这些老字号饭店，才算真正了解杭州。那就跟着下面的老字号饭店简介表来一次美食之旅吧！

饭店名称	推荐语	特色美食
楼外楼	百年老店，闻名中外	东坡肉、西湖醋鱼、龙井虾仁
奎元馆	面条为主的老字号	虾爆鳝、面片儿川、猪肝面
状元馆	杭州的宁式面馆	虾爆鳝面、宁式鳝丝面、炸酱面
山外山	中华老字号，西湖名菜馆	八宝鱼头王、龙井虾仁、东坡肉
天外天	丛林名菜馆	西湖醋鱼王、龙井虾仁、东坡肉
知味观	知味停车，闻香下马	精品小笼包、猫耳朵、糯米糖藕
杭州酒家	杭州人的家乡味道	闷骚南瓜、龙井虾仁、杭州熏鱼
九芝斋	老底子糕点	榨菜鲜肉月饼、黄豆清明果、无糖蛋糕
天香楼	桂子月中落，天香云外飘	东坡肉、龙井虾仁、西湖醋鱼王
王润兴酒楼	皇饭儿	乾隆大鱼头、东坡肉、西湖醋鱼
羊汤饭店	一笼烧卖，名扬杭州	羊肉烧卖、羊汤、烤羊腿、葱爆羊肉

研学活动：行城·读城

杭州的历史是一部人与水相争、相融的壮丽史诗。从东汉华信、隋朝杨广、大唐李泌、吴越钱镠、北宋苏轼等历史人物，到西湖、钱塘江、吴山、西溪湿地等自然景观，都展现了杭州独特的魅力。

在本次研学活动中，我们将重点探索李泌修建的"六井"。这些古老的水井遗迹见证了杭州的治水历史。此外，我们还将跟随苏东坡的诗词，游览西湖的各个景点，感受这位大文豪的风采和西湖深厚的文化底蕴。西湖的美景与苏东坡的诗词相得益彰，为这座城市增添了浓厚的文化氛围。

茶文化作为杭州的另一特色，也是本次研学的重要内容。杭州的茶文化历史悠久，与城市的发展紧密相连。茶不仅为山水增添了点缀，更赋予了杭州温婉与神秘的人文色彩。

通过这次研学活动，我们深刻认识到杭州的历史、文化、自然景观和人文特色是相辅相成的。这座城市的魅力源于其丰富的历史底蕴、美丽的自然景观和独特的茶文化。作为中国的"茶都"，杭州将继续闪耀璀璨的光芒，吸引世界各地的游客前来探寻其无尽的魅力。

名家笔下的老杭州

研学主题一：皇城"水"迹寻访

研学因由：孩子们需要更多的时间走出课堂探访，探究自己身边的自然万物、人文情怀。本次研学活动，意在让孩子们通过研学的方式了解自己生活的这座城市——杭州的前世今生，传承优秀的传统文化。

研学活动：

研学活动一：讲述钱塘江筑海塘的故事

1. 想象画面：如果钱塘江的堤塌了，那会是怎样的情景？

有一段文字是这样描述的："钱江汹涛曾经肆虐，滔天浊浪、翻江排山，无情吞噬多少生灵、良田，冤魂不绝、阡陌尽毁。"

2. 大胆猜测：当时生活在杭城的人们，生活用水主要来源于哪里？西湖里的水原来是咸的，还是淡的？

当时，上至皇帝，下至地方官员，每一位关心杭城发展的人都情不自禁地将目光投射到钱塘江的海塘上。人们建海塘，阻止海水倒灌，保护杭城的地下水。

3. 搜集钱塘江筑海塘的故事：说清事情发生的原因、经过和结果。

钱镠筑捍海塘，张夏首建萧山泥石海塘，黄光升首创鱼鳞石塘镇钱潮，康熙南巡、乾隆下江南的时候都会关心海塘……

研学活动二：寻访"井"的故事

1. 发现杭州城"水的秘密"。

杭州自隋朝建州，城市日益发展，但是地下水咸苦，不堪饮用。唐德宗朝，李泌任杭州刺史后，组织人员自涌金门至钱塘门分置水闸，掘地沟砌石槽，石槽内安空心竹管，引西湖水至城区，并设六个出水口，即相国井、金牛池、白龟池、方井、小方井、西井，俗称"六井"。李泌此举，解杭人饮咸水之苦，德泽百世。

2. 查找地图，实地走访"六井"。

"六井"引进了杭城的生命之水——西湖水，人们的生活得到保障，杭城也就慢慢地向外发展。

3. 寻找"浙东古运河之始"。

拍下照片，记录相关的故事，续写杭州"水"的故事。

研学活动三：寻访"泉"的故事

杭州是一座与水相争、相融的城市。水是杭州的一张金名片。除了大家熟悉的西湖、钱塘江、京杭大运河、西溪湿地、"六井"、浙东古运河外，杭州还有泉。

1. 找泉眼：玉泉观鱼，发现泉的秘密。

2. 观泉、听泉、品泉、试泉：品赏虎跑泉。

3. 写一份关于泉的调查记录与调查报告。

研学活动四："桥"的故事

1. 说说钱塘江上"桥"的故事。

湍急的江水给人以壮观的视觉享受，却也给两岸人民带来危害与不便。

名家笔下的老杭州

搜集到的故事	江水给两岸人民带来危害或不便	重要人物	做出的贡献
胡雪岩创办钱江义渡，惠泽两岸百姓			
茅以升——钱塘江大桥之魂			

2. 聊聊钱塘江上的"桥"。

历史的车轮滚滚向前，天堑早已变通途，曾经给人们带来危害与不便的钱塘江上已陆陆续续架起了十座桥，建（包括正在建的）了七条过江隧道。你能搜集相关资料，在下面画一画吗？

3. 结合 3D 打印，小组合作制作一座设计精美、承重量大的桥。

研学活动五：皇城寻"迹"

杭州曾是南宋都城临安，其九厢八十坊格局仍保存至今。请你找找相关地名，寻访踪迹，亲手在地图上标注、圈画，感受皇城的魅力。

1. 实地寻访以"坊""巷"为名的地方，在地图中标记地名。

2. 查找资料，实地寻访与南宋官署、皇城相关的地方，在地图中标记地名。

3. 借助资料（南宋临安城布置图等），在现代地图中圈画出临安古城的大致区域。

4. 对历史或考古方面感兴趣的同学，可以在临安古城的区域图标注出杭州的"水"——西湖、钱塘江、京杭大运河、"六井"、"大井"、"浙东古运河之始"，完成"皇城'水'迹图"。

研学主题二：跟着东坡游西湖

研学因由：杭州"老市长"苏东坡对西湖情有独钟，经常在西湖边玩赏，流连忘返，吟诵了不少千古诗词名篇，为西湖增添了文化色彩。西湖更以他的"欲把西湖比西子，淡妆浓抹总相宜"而名闻天下。让我们跟着苏东坡游览西湖，在欣赏无边的湖光山色的同时，还要品味浓浓的诗意与传统文化的韵味，接受经典的熏陶与浸润。本次研学之旅将跟着东坡诗词所提及的景点游览西湖，领略这位大文豪的风采，感受这位"老市长"

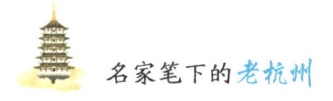

为杭州人民留下的宝贵财富。

研学路线：望湖楼—白苏二公祠—三潭印月—苏堤—东坡纪念馆—虎跑公园—灵隐寺

研学活动：

研学活动一：望湖楼上瞰西湖

1. 研学点：望湖楼、白苏二公祠。

2. 体验活动：望湖楼上瞰西湖。

3. 核心探究：学习苏东坡在望湖楼上写的诗词，感受西湖的美丽风光。

研学活动二：印月塔前泛西湖

1. 研学点：三潭印月。

2. 体验活动：泛舟西湖。

3. 核心探究：了解东坡治理西湖的办法，以及东坡为杭州所做的贡献。学习苏东坡写的有关西湖的诗词。

研学活动三：苏公堤上赏西湖

1. 研学点：苏堤、苏东坡纪念馆。

2. 体验活动：漫步苏堤。

3. 核心探究：了解东坡治理西湖的过程，感受苏堤的美丽风光。

研学活动四：虎跑泉中品西湖

1. 研学点：虎跑公园。

2. 体验活动：游虎跑泉。

3. 核心探究：了解虎跑泉的传说故事，学习苏东坡写的关于虎跑泉的诗词，体验虎跑泉水泡茶。

研学活动五：飞来峰前话西湖

1. 研学点：灵隐寺。
2. 体验活动：游赏灵隐寺。
3. 核心探究：学习苏东坡写的关于灵隐寺的诗词，感受灵隐寺厚重的历史文化气息。

研学主题三：跟着皇帝去问茶
——龙井茶文化探究

研学因由：柴米油盐酱醋茶，是中国人的七大事。喝茶作为七大事之一，早已深深地嵌入中国人的生活之中。"茶"字的写法，是人在草木之间，说明茶是人与自然的融合，茶也是人内心的态度。杭州作为中国的"茶都"，饮茶历史已有千年。如果山水之间的美是杭州的华美衣裳，那么茶文化就是这衣裳上的精美刺绣，给予其气韵与风华。茶文化的兴盛与杭州的发展是息息相关的。杭州的魅力来自方方面面，但是茶文化无疑是其中浓墨重彩的一笔。茶不仅给山水增加了点缀，还给杭州增加了神秘与温婉的人文色彩。本次研学之旅，将去杭州龙井村、十八棵御茶园、十里梅坞等地，体验中国的茶文化，了解茶文化历史，感受茶文化魅力。

研学路线：龙井村—十八棵御茶园—九溪烟树—十里梅坞

研学活动：

研学活动一：龙井村里学问茶

1. 研学点：龙井村。

2. 体验活动：在龙井茶园学采茶，观看茶农制茶。

3. 核心探究：了解体验茶叶从采摘到制作的过程，感受好茶的来之不易。

研学活动二：御茶园中赏御茶

1. 研学点：十八棵御茶园。

2. 体验活动：参观十八棵御茶园。

3. 核心探究：了解乾隆皇帝与杭州茶文化的渊源，感受杭州茶文化的魅力。

研学活动三：九溪烟树学采茶

1. 研学点：九溪产茶区。

2. 体验活动：参观茶园，学习采茶。

3. 核心探究：深入了解西湖龙井产地的情况，体验采茶的乐趣。

研学活动四：十里梅坞品文化

1. 研学点：梅家坞村。

2. 体验活动：参观梅家坞乡间茶坊，观赏茶艺表演，参与春茶采摘。

3. 核心探究：了解西湖龙井的历史故事，感受梅家坞的生态自然之美、农家风情之乐。